# Lo Spettro del Flamenco

## The Specter of Flamenco

ideapress

Story Copyright © 2021 by: Antonio Aprile
Copy Editor: Tiziano Thomas Dossena
Cover Design and Interior Layout: Dominic A. Campanile
Copyright © 2021 Idea Graphics, LLC • *Port St. Lucie, FL*
All rights reserved.

ISBN: 978-1-948651-25-7
Library of Congress Control Number: 2021939717
Published by: Idea Press (*an imprint of Idea Graphics, LLC*) — Florida, USA
www.ideapress-usa.com
Administrative Office, Florida, USA • email: ideapress33@gmail.com
Editorial Office, New York, USA • editoreusa@gmail.com

Printed in the USA - 1ˢᵗ Edition, June 2021

# ANTONIO APRILE

# RINGRAZIAMENTI

Senza di voi, questo piccolo viaggio narrativo
non avrebbe mai potuto avere gli stessi colori,
o forse non ci sarebbe mai stato.
**Grazie di cuore!**

Ringrazio Dio, di cui avverto la presenza nei paesaggi, nei pensieri e nei volti che incontro sul mio cammino;

ringrazio Leonardo Campanile, Tiziano Thomas Dossena e la casa editrice Idea Graphics per avermi dato la possibilità di pubblicare questo libro;

ringrazio Dominic A. Campanile per la magnifica copertina del libro e per il lavoro grafico;

ringrazio Sergio Cuscito per la pazienza e l'attenzione che mi ha saputo dedicare tutte le volte che abbiamo parlato. L'idea di scrivere questa storia è nata dalle chiacchierate con lui;

ringrazio Francesca Palumbo, mia indimenticabile professoressa di inglese ai tempi del liceo, per avermi voluto donare la sua prefazione;

ringrazio la mia bella famiglia per tutto l'affetto che ha saputo trasmettermi;

ringrazio le amiche e gli amici che ogni giorno sanno impreziosire la mia vita con la loro vicinanza;

ringrazio le mie splendide insegnanti di yoga, perché a loro devo una buona parte della mia visione del mondo;

ringrazio Tommy Dibari, mio maestro di scrittura creativa, e tutti i meravigliosi autori che ho avuto la fortuna di leggere.

Vi ringrazio tutti e tutte per la vostra presenza, le vostre frasi, i vostri gesti.

Non perdiamoci di vista!

# ANTONIO APRILE

Laureato in Filologia moderna presso l'Università degli Studi di Bari "Aldo Moro", ha insegnato lingua italiana all'interno di un progetto SPRAR e attualmente lavora come tutor per il doposcuola in un centro studi di Bari, svolge attività di scrittura sia creativa che saggistica, e organizza incontri pubblici finalizzati alla divulgazione umanistica. Grande appassionato di yoga, di libri e di storie, negli ultimi anni le sue ricerche si sono concentrate soprattutto sulle connessioni culturali fra Oriente e Occidente. Molto attivo nell'associazionismo, ha scritto due fiabe musicali con il maestro Andrea Gargiulo nell'àmbito del progetto

*Musica in Gioco*, e ha contribuito all'organizzazione di iniziative come la rassegna *Piccoli incontri in libreria* presso la libreria Campus di Bari e il festival interculturale *Kantun Winka*. Nell'ottobre del 2018, ha dato il via ad un tour intitolato *La Rivoluzione della Felicità. Il meraviglioso viaggio di Tiziano Terzani*, che ha riscosso grande successo di pubblico presso librerie, centri yoga e associazioni della Puglia.

"*Lo spettro del flamenco*" è la sua prima opera narrativa pubblicata.

# INTRODUZIONE

**Tiziano Thomas Dossena**
*Direttore Editoriale*

Pubblicare esclusivamente un racconto lungo, anche se con traduzione, può sembrare una prassi editoriale fuori dalla norma per un autore sconosciuto o poco conosciuto, ma il racconto che leggerete merita questo onore per varie ragioni che i lettori scopriranno loro stessi nella lettura, e che mi sento orgoglioso, come editore, di precisare.

Il primo pregio di questo simpaticissimo racconto è l'approccio stilistico e strutturale con il quale l'autore riesce a creare un rapporto amichevole e direi addirittura confidenziale con il lettore. Dopo solo qualche riga, ci si sente di aver aperto un diario nel quale non ci sono segreti o imposture create per farci amare il soggetto della storia, bensì si trovano rivelazioni schiette ma ben ponderate di chi conosce le proprie limitazioni caratteriali ma sa anche come contenerle o perlomeno non lasciar che lo distruggano psicologi-camente. Scopriamo cioè fin dall'inizio una simpatia per questo giovane che cerca di diventare parte inte-grante e operante della comunità che lo circonda, e in particolare della gioventù dalla quale si sente spesso deriso o messo da parte. Una simpatia spontanea per-ché con le sue cogitazioni giovanili ci rammenta della nostra giovinezza e di tutti gli ostacoli fisici e interio-ri che abbiamo dovuto superare o perlomeno evitare onde arrivare alla maturità e contemporaneamente sentirci unità vitale della società.

Le battaglie interne del giovane non portano sempre alla vittoria, anzi, però gli insegnano le carat-teristiche del proprio carattere e anche quando le cose non vanno per la quale il protagonista riesce a trarne una consapevolezza di ciò che egli può affrontare o deve evitare per non ricadere in situazioni infelici o disagevoli. È la storia del raggiungimento della matu-rità e allo stesso tempo del ritrovamento della felicità, della spontaneità, chissà, forse anche dell'amore. Ma non è questo che riesce ad affascinare il lettore quan-to il processo di sviluppo in sé di queste emozioni, che l'autore è in grado di replicare in modo saliente come se fosse uno scrittore di lunga data.

Oltre a ciò—altro pregio di questo racconto—Antonio Aprile ha inserito il tema musicale come filo portante e lo ha fatto in maniera esemplare, come solo chi ha molta dimestichezza con la penna e lo spartito può fare. Le canzoni diventano quindi dei punti di riferimento del progresso spirituale del protagonista e ci permettono di capire a fondo i suoi dubbi, le sue incertezze, anche i suoi temporanei fallimenti, per poi abbracciare con lui la strana evoluzione intellettuale e sentimentale che la musica gli permette di fare. Un racconto pertanto che ci assorbe completamente e ci fa vivere con il protagonista tutte le fasi della sua gioventù proprio attraverso i riferimenti musicali.

Non possiamo inoltre ignorare l'attenzione ai particolari che ci aiuta ad immedesimarci e comprendere, oltre che sentirci complici del protagonista. Le sue osservazioni paiono a volte casuali, ma non lo sono; sono ben studiate e mostrano un animo sensibile e aperto alla vita anche quando viene usata l'ironia e l'autocritica per giustificare un temporaneo insuccesso nel corso dei suoi tentativi di integrazione sociale.

Un racconto, quindi, che merita la pubblicazione e noi di Idea Press siamo più che orgogliosi di farlo.

# PREFAZIONE

**Francesca Palumbo**

Questo piacevolissimo racconto, attraverso i pensieri e le confessioni dello scrittore, ci permette di aprire lo sguardo sul microcosmo sentimentale di un giovane uomo, che crescendo si confronta con le mille esperienze della sua esistenza, tra avversità, piccoli disagi, amori e fallimenti per poi finalmente riemergere, dopo un lavoro strenue di ricerca di sé e continuo scambio dialogico tra ciò che è e ciò che aspira ad essere. Tutto il racconto è attraversato da una *soundtrack* puntuale di pezzi cari all'autore, ogni pezzo è rappresentativo di una diversa stagione della sua vita e accompagna il protagonista nel suo percorso verso la maturità, fino a farlo uscire dal *'cielo in una stanza'* per lasciare che si affacci, finalmente più libero e risolto, sul sorgere di un nuovo *'perfect day'* tutto da reinventare, alla luce di una nuova acquisita sicurezza. Una sicurezza che si è fatta strada grazie al riconoscimento, a quello sguardo restituito che permette a chi fino ad allora non si era sentito visto, di sentirsi finalmente riconosciuto.

Con una scrittura lineare e sincera, Antonio Aprile ci accompagna nei suoi spazi interni ed esterni. Entriamo in punta di piedi nella sua stanza di ragazzo, lo seguiamo nelle sue lezioni di musica, attraversiamo la stazione di Mola, le strade di Bari e l'Ateneo, prendiamo parte a una jam session organizzata intorno alla fontana di piazza Umberto, ci innamoriamo della sua timidezza e delle 'figuracce' che ci racconta con intelligente auto-ironia. Ma grazie a questo racconto così ben scritto riusciamo ad andare anche oltre, impariamo a comprendere le sue e le nostre fragilità, le paure, le angosce. Per questo ci torna subito cara la sua scrittura, perché ognuno di noi può riconoscersi nei propri moti di insicurezza, così come nei propri tentativi di resilienza e reattività al mondo che a volte risulta ostile. E se la parola MON-DO, così divisa—in giapponese—vuol dire Domanda e Risposta, ecco che in questo racconto Antonio sa offrirci sia le eterne domande di chi crescendo si confronta con l'esistenza, che le risposte di chi sa riconoscere la vera e unica risposta a tutto nella parola Amore.

Leggendo LO SPETTRO DEL FLAMENCO, in un continuo e suadente cambio di ritmo, il lettore si ritroverà a passare dal suono incalzante di un flamenco suonato alla chitarra in maniera esageratamente virtuosa e dunque inapprodabile, alla suadente melodia di un pianoforte capace di ricostituire equilibrio, ancor più se coadiuvato dalla voce amabile di una giovane donna sensibile e attenta.

"Si cresce solo se sognati" scriveva Danilo Dolci.

Il racconto di Antonio Aprile ce lo ricorda, con la sua musica fatta di parole.

# INDICE

## ENGLISH TRANSLATION

CAPITOLO 1

# L'INIZIO DI UN SOGNO

È da tanto tempo che ho la passione per la musica. Più o meno da quando, alla tenera e complessa età di tredici anni, mi nascondevo fra le simpatiche sembianze di ragazzino paffutello, un po' imbranato, che tanto faceva ridere gli altri con i suoi enormi occhiali dalla montatura nera e i capelli disordinatamente spazzolati verso l'alto.

In quegli anni scoprivo la colonna sonora di *Titanic*, l'indimenticabile film con Kate Winslet e Leonardo DiCaprio, arrivato anche nei nostri cinema.

Ricordo che mi toccava ascoltarla molto spesso in solitaria, sdraiato nella penombra della mia cameretta, oppure seduto in disparte sulle terrazze altrui, durante le feste di compleanno dei miei compagni di classe, mentre tutti gli altri ballavano i primi lenti della loro vita, parzialmente coperti dalla luna e dalle stelle, con i maschietti più intraprendenti che si sentivano grandi toccando gli accennati didietro delle romantiche damigelle che si erano carinamente concesse per l'occasione. Quanto erano deludenti quelle feste! Ogni volta che venivo invitato, e non accadeva sempre, ci andavo con la camicia nuova, di solito gialla oppure azzurra, appena acquistata per il grande evento, con i capelli ben tagliati da Gino, il barbiere di fiducia, e con le scarpette da ginnastica bianche e nere che mia madre tirava fuori dalla scarpiera soltanto per le cerimonie ufficiali.

Mi presentavo alla porta del festeggiato o della festeggiata con fare da *grandeur*, come si suol dire. Mi presentavo a loro pieno di aspettative, già pregustando il momento in cui avrei ricevuto i complimenti per quanto ero figo così agghindato, ma dopo un paio di battute con qualche compagno di classe che consideravo addirittura più sfigato di me, e dopo qualche figuraccia di troppo, come l'involontaria gomitata alla mamma che portava il vassoio pieno di tartine, iniziavo a sudare copiosamente sulla fronte, sulla schiena e sul petto, così mi isolavo da tutti per evitare che le rappresentazioni geografiche disegnate sulla mia camicia diventassero il principale argomento di conversazione della serata.

A quel punto, mi restava come consolazione la discreta compagnia dei tramezzini al tonno da mangiare e della musica romantica da ascoltare, il tutto innaffiato da qualche plasticoso bicchiere di bevande gassate.

Rigorosamente in disparte, rigorosamente da solo, rigorosamente umiliato.

Quanto mi piaceva *Titanic*! Ricordo che il brano *My heart will go on*, splendidamente cantato da Celine Dion, era in grado di emozionarmi e farmi sognare come ben sapevano fare soltanto certe partite di calcio del Milan, la mia squadra del cuore, oppure quei biscottini al cioccolato meravigliosi che mia madre preparava ogni domenica mattina, prima che si convertisse al ciambellone, sempre buono e sempre morbido, come una nuvola.

Pur portandomi sempre *Titanic* nel cuore, negli anni del liceo avrei poi cominciato ad allargare i miei orizzonti musicali.

Ascoltavo un po' di tutto, ma la vera folgorazione sarebbe stata segnata dai Beatles, proprio mentre tornavano improvvisamente di moda e venivano scoperti anche da tanti ragazzi che, come me, non li avevano mai vissuti direttamente per ragioni anagrafiche. In quegli anni, il mito del celebre quartetto di Liverpool tornava ad animare le grandiose serate mondane e le privatissime pagine dei diari personali, grazie ad una raccolta dei loro grandi successi, da *Love me do* a *The long and winding road*, che stava travolgendo le classifiche mondiali fra lo stupore generale. Ricordo che, nei tardi pomeriggi autunnali, mi lasciavo letteralmente rapire dall'audio un po' ovattato e dalle immagini non sempre nitide di certi brevi documentari che li mostravano intenti ad esibirsi dal vivo con il loro entusiasmo, i loro semplici strumenti musicali e i loro folti capelli a caschetto, davanti ai giovanissimi degli anni Sessanta che urlavano e si scatenavano nelle danze.

In quei momenti, avvolto da una calda coperta di lana che nemmeno Linus Van Pelt, e immerso nella solita penombra della mia cameretta, realizzavo che il mio desiderio più grande era quello di imparare a suonare uno strumento musicale.

Ebbene sì! Volevo imparare a suonare uno strumento musicale. Volevo diventare un musicista, così come lo erano i Beatles, e speravo che così facendo avrei messo da parte quell'aura da sfigato che mi ero cucito addosso e magari avrei anche attirato l'interesse di qualche compagna di classe. Ricordo che molte di loro erano particolarmente carine ed io, sempre così timido, sempre così goffo e sempre così poco tollerante nei confronti della mia persistente pancetta, apprezzavo soprattutto Sonia che però, come vuole la prassi, non mi filava per niente, presa com'era dal suo continuo tira e molla con Tommaso, trentenne palestrato e generoso dispensatore di fumo, un tipo dalla sigaretta facile, forse non soltanto la sigaretta, ma all'epoca ne capivo poco.

Tommaso aveva i capelli neri e cortissimi, gli occhi azzurri affilati come lame di ghiaccio, l'anello d'oro al naso, il giubbotto di vera pelle con catena inclusa e, dulcis in fundo, l'ingombrante moto-razzo nero, l'aerospaziale motocicletta d'ordinanza che lo precedeva col suo rombo di tuono tutte le volte che si presentava davanti all'ingresso del liceo per venire a rapire la sua bella, che era bellissima, secondo me.

L'esperto Tommaso invitava Sonia a sentirsi trattata come una persona privilegiata, come una regina o una principessa, per l'onore che le faceva portandosela appresso quasi ogni sabato sera, quando andavano a spasso con gli amici di lui, chiassosi discotecari dai trent'anni in su.

Questo raccontava lei alle sue amiche sognanti che vedevano nel dispensatore di fumo col moto-razzo il prototipo del ragazzo perfetto, bello, maturo e d'esperienza.

Lo raccontava a scuola, durante l'intervallo, tutta solenne ed impettita, mentre io, in disparte come al solito, fingevo di limitare il mio interesse da ragazzino non abbastanza maturo—mica come Tommaso—ai tre biscottini al cioccolato che avevo l'abitudine di portare con me.

Diventare musicista e attirare l'interesse dei compagni e delle compagne di classe, rendermi finalmente degno della loro attenzione, conquistarne una forse, magari proprio Sonia, dopo il suo prossimo litigio con quel simpaticone di Tommaso. Con questo spirito e questi pensieri, iniziai a prendere lezioni di chitarra e solfeggio in una scuola di musica che un gruppo di giovani insegnanti aveva aperto da poco a Mola di Bari, il paese in cui tuttora vivo, dopo aver comperato una stupenda chitarra classica di colore blu scuro da un piccolo negozio di strumenti musicali che si trovava, e si trova ancora oggi, dietro casa, in piena periferia.

Il mio maestro di chitarra era un uomo dal fisico imponente che però aveva, per contrasto, una voce molto flebile, quasi femminea.

Ci ritrovavamo ogni martedì pomeriggio da soli nell'aula più grande di una scuola elementare situata nel centro del paese. L'aula era quella che nelle ore mattutine ospitava la terza D, stando all'indicazione che riportava la polverosa targhetta nera dalle grandi scritte bianche collocata proprio accanto alla porta d'ingresso, sulla destra.

Durante le lezioni, il mio entusiasmo era alle stelle per tutto ciò che avrei imparato ma, una volta tornato a casa, non mi dedicavo quasi mai agli esercizi pratici che il maestro mi assegnava. Quando provavo a farli per conto mio, i risultati erano piuttosto scarsi. Mi arrendevo infatti nel giro di pochi minuti e avvertivo costantemente il bisogno che con me ci fosse qualcuno, sempre lì, pronto a rassicurarmi su quello che stavo combinando, pronto a darmi indicazioni del tipo "Sì, Antonio. Questo movimento delle dita è corretto.

Questo, invece, è assolutamente sbagliato. Non farlo più!", oppure "Metti il dito medio su questa corda!", "Attento alla postura!", e così via.

Ricordo che, dopo qualche minuto, lasciavo perdere la chitarra, ombroso rinunciatario un po' triste e un po' incazzato, prendevo le cuffie e mi consolavo ascoltando valanghe di musica altrui per mettere a tacere il mal di testa e trovare la pace che desideravo. Era l'inizio di un sogno.

# CAPITOLO 2

# A SCUOLA DI MUSICA

Assieme al corso di chitarra, che era indivi-
duale, procedevano in parallelo le lezioni di solfeggio,
che invece erano di gruppo e si svolgevano ogni venerdì pomeriggio, sempre nell'aula della terza D.

Ah, il solfeggio!

Molto presto avrei imparato ad odiarlo perché mi
sembrava di ascoltare ed eseguire esercizi del tutto
inutili—sbagliavo, ma in quel momento la pensavo
così—e, soprattutto, non contribuiva a farmi apprezzare di più il corso l'atmosfera irrespirabile che si veni-
va a creare durante quelle maledette lezioni, quando
tutti i presenti ridevano e sorridevano di me, compre-
sa l'insegnante, una giovane signora elegante con occhiali dalla montatura bianca e capelli ricci di colore
biondo platino lunghi fino alle spalle, una che cercava

di sfoderare la dizione perfetta, forgiata in chissà quale aurea accademia d'alto rango, salvo poi inciampare clamorosamente nella cadenza locale quando l'attenzione calava di un millimetro.

Probabilmente saprei riconoscerla ancora oggi, a distanza di anni, ma sono felice di non averla più incontrata.

Ricordo benissimo, come fosse ieri, che quando scrivevo per prendere appunti su quello che ci diceva, mi avvicinavo in maniera notevole al quadernetto poggiato sul mio banco, dato che avevo, e ho tuttora, un problema alla vista reso evidente anche dai miei occhi tante volte socchiusi, a causa della troppa luce, e dalle pupille ribelli e girovaghe, con il loro movimentato tremolio silenzioso e costante.

Quando poi non riuscivo a leggere quello che l'insegnante aveva scritto sulla lavagna e le chiedevo balbettando se potevo alzarmi per avvicinarmi a copiare, mi ritrovavo con una strana voce strozzata, una voce di fantozziana memoria, che puntualmente faceva da incipit ad una prepotente orchestrina di risate accennate e di battutine.

Risatine, frasi o singole parole appena bisbigliate,

ma letali per il cuore di chi le subiva, come piccoli colpi di taglierino.

Da parte mia, fingevo stoicamente di non accorgermene, ma in realtà stavo morendo dentro.

Bruciavo di rabbia e di dolore nel petto e nella testa, entrambi appesantiti e in affanno, mentre speravo inutilmente che i minuti scivolassero via rapidamente, speravo che quelle due ore di fottuta tortura psicologica se ne andassero via il prima possibile senza lasciare troppe tracce di sangue, speravo di rivedere al più presto lo sguardo amorevole e rassicurante di mia madre. Lo sguardo di chi sembra sappia già tutto di te, senza che sia necessario mettersi a piangere o dire qualcosa.

A lei non ho raccontato mai niente di quello che accadeva perché me ne sono sempre vergognato, all'inizio tanto, poi sempre meno, così al termine della lezione evitavo accuratamente di fermarmi assieme ai "compagni" di corso che si trattenevano a chiacchierare e a ridere sguaiatamente davanti all'ingresso dell'aula.

Altro che compagni!

Non volevo trascorrere con quei maledetti neanche un minuto in più del tempo necessario e addirittura temevo di incontrarli per strada mentre andavo a scuola o quando accompagnavo mia madre a fare la spesa al supermercato.

Non volevo che mi prendessero in giro più di quanto già facevano in aula, con il silenzioso assenso dell'insegnante, o qualche volta anche subito dopo la lezione, mentre fuggivo via amareggiato e nervoso, sudato sulla fronte, con lo zainetto sulle spalle, quando uno di loro mi diceva "ciao bellezza!" e tutti gli altri scoppiavano di rimando a ridere con la solita insegnante che serrava le labbra per evitare di unirsi ancora una volta a loro, fatta eccezione per un "lasciatelo stare!" pronunciato in un'occasione, ma nemmeno troppo convinto.

Non volevo che fossero in alcun modo ulteriore parte dei miei pensieri e della mia vita quotidiana, ma nel frattempo le loro risate, le loro urla e le loro stupide battutine bisbigliate erano diventate la colonna sonora delle mie notti insonni. Fra le lacrime bollenti, il sudore freddo ed i continui spostamenti da una parte all'altra del letto.

Eppure il colpo di grazia me lo avrebbe involontariamente rifilato il buon Sandro, l'imponente maestro di chitarra dalla voce flebile e lo sguardo di ghiaccio, mosso dalla benevola intenzione di mostrarmi come suonare un brano di Flamenco a suo dire molto semplice anche per un principiante. Guardavo con gli occhi spalancati, cosa per me inconsueta, il rapido movimento delle sue dita sulle corde della mia chitarra di colore blu scuro ed esattamente in quel momento realizzavo che un'impresa simile non mi sarebbe mai riuscita.

Osservavo il suo mento a punta rivolto verso il basso, in direzione della mia chitarra che oscillava sinuosamente sulle sue gambe, e la polvere dei gessetti disseminati sul pavimento.

Vedevo il tutto, fisico e metafisico, che sfumava lentamente con il bel brano di Flamenco in sottofondo, sempre più rapido, sempre più incisivo, sempre più tagliente.

Si concludeva così, durante quei pochi minuti deprimenti ed umilianti, la mia breve esperienza di vita con la chitarra, seguita a ruota dall'odiatissimo solfeggio.

Molto semplicemente, ad un certo punto, non mi sono più presentato ai corsi, senza alcun preavviso alla scuola e senza troppe giustificazioni con i miei genitori che mi avevano generosamente regalato la chitarra e l'iscrizione.

Negli anni successivi, quando mi è capitato di ascoltare casualmente dei brani che anche solo in maniera vaga mi ricordavano quello suonato da Sandro, ho avvertito una forte stretta al cuore.

Voci tonanti in libertà prendevano ad affollare la mia mente per raccontarmi la straordinaria incapacità di cui avevo dato prova in quell'occasione, accompagnate dalle immagini dei frammenti fangosi e putrescenti di un bel sogno che era finito per sempre, mentre l'incantevole viso di Sonia, col suo bel brillantino che le luccicava sulla fronte, sembrava mi osservasse con spietato disprezzo. Avevo ingenuamente pensato che imparare a suonare la chitarra sarebbe stato facile e che non avrei incontrato la minima difficoltà. "Prendere confidenza con uno strumento musicale? E che sarà mai?", avevo ingenuamente risposto alle giuste obiezioni dei miei genitori quando, sprezzante del pericolo, avevo chiesto loro di iscrivermi a quell'orrenda scuola di musica.

A volte, nel disperato tentativo di consolarmi, ripetevo a me stesso che almeno, dopo un'esperienza come questa, avrei potuto raccontare a Sonia e agli altri compagni di classe che c'è stato un periodo nella mia vita in cui ho suonato la chitarra, oppure che a casa, nella mia cameretta, avevo una bella chitarra di colore blu scuro con un'importante storia alle spalle, in modo da assumere un'aria un po' più interessante, forse. Ma l'evanescente barlume di serenità che raggiungevo aveva regolarmente i minuti contati ed il rovinoso senso di frustrazione tornava ancora una volta a prendere il sopravvento, e così ricominciavo a rimuginare pesantemente, troppo cerebrale per riuscire a stare bene mentre, senza rendermene conto, diventavo sempre più un vero appassionato di musica.

Senza chitarra, senza solfeggio, senza tutte quelle dannate lezioni di merda.

# CAPITOLO 3

# L'ORACOLO HIP HOP

In quel periodo ho scoperto l'esistenza di numerose riviste musicali, così sono diventato a poco a poco un vero specialista dell'argomento.

Ascoltavo i dischi e leggevo le interviste agli artisti, prestavo molta attenzione a delle ben articolate recensioni musicali che non sempre condividevo e mi interessavo agli appassionati scambi epistolari tra lettori inferociti ed il malcapitato critico musicale che per l'occasione era finito nel mirino del fan club di turno.

La mia cameretta era sempre più decorata dai poster colorati che trovavo in allegato alle riviste, come quello dei Green Day o quello di Eminem, così nel giro di pochi mesi sarei ufficialmente diventato l'esperto di musica della classe, l'oracolo specialista da consultare nel momento del bisogno.

Un po' tutti, infatti, mi domandavano curiosità sull'argomento e soprattutto volevano sapere di chi fosse questo o quel brano. Ricordo ancora con grande piacere un paio di bellissime chiacchierate su David Bowie e Pink Floyd con Francesca, la mia professoressa di inglese, e ricordo quella volta in cui Giuliana, la professoressa di francese, ci ha fatto ascoltare il brano *Je ne t'aime plus* di Manu Chao, che amo tuttora.

Persino Sonia aveva cominciato a parlarmi di tanto in tanto e la cosa mi avrebbe reso molto felice e speranzoso se lei nel frattempo non avesse intensificato la sua frequentazione con Tommaso e, stando a quanto si vociferava in aula, anche i suoi rapporti sessuali con l'esperto fidanzatino di trent'anni. Ma soprattutto, il suo nuovo atteggiamento nei miei confronti mi avrebbe entusiasmato di più se non avesse preso a rivolgermi la parola soltanto quando voleva che le prestassi dei dischi che magari doveva ascoltare proprio con lui.

"Ridicoli romantici!" pensavo, mentre annuivo rosso in volto e sorridente alle sue richieste.

Le frustrazioni represse ed il desiderio di rivalsa nei confronti della vita mi avrebbero così portato ad una serie di cambiamenti. Cambiamenti nella pettinatura, cambiamenti nell'abbigliamento, cambiamenti nell'atteggiamento.

Ricordo che ad un certo punto avevo iniziato ad indossare vistosi ciondoli con simboli di cui non sempre conoscevo il significato, pantaloni larghissimi e lunghe felpe che, nonostante la mia pancetta, sembravano quasi dei sacchi a pelo, mentre la fino a quel momento sempiterna capigliatura con frangia cedeva il passo ad appena tre centimetri di pelo, spesso coperti da un berrettino di colore blu scuro. Come la chitarra.

Mi stavo trasformando in quello che viene gergalmente chiamato *B Boy*. Ascoltavo Eminem, i Messaggeri della Dopa, gli Articolo 31, i Public Enemy e i Run DMC, ma in realtà ero molto più semplicemente incazzato col mondo. Ero incazzato e frustrato perché mi sentivo un alieno indesiderato, un aborto della natura, e perché Sonia aveva deciso di stare con uno che non ero io soltanto perché lui aveva trent'anni e possedeva il fascino della persona vissuta, il richiamo del ragazzo d'esperienza, di grande moda in quel periodo, il ragazzo che magari può anche essere uno stronzo senza limiti, ma d'altra parte con quel faccino e quel moto-razzo può dire e fare ciò che vuole.

Gran brutta cosa certe mode! Qualche volta possono diventare molto antipatiche e ricordo che spesso formulavo pensieri del tipo "sono sicuro che, quando avrò io trent'anni, fra le mie coetanee andrà di moda stare con i quindicenni. Che vita ingiusta!"

Del resto, non c'è più religione, si diceva in una nota pubblicità televisiva degli anni Novanta...

Ogni sabato pomeriggio prendevo il treno per Bari e, una volta arrivato in città, mi facevo lunghe passeggiate in solitaria, circondato dai profumi di focacce, *milk-shake* e fritture varie. Gironzolavo nei negozi musicali grandi e piccoli per curiosare fra rarità e novità.

Da un po' di tempo avevo preso ad ascoltare soprattutto musica rap, ma in generale non mi ponevo troppi limiti. Continuavo infatti ad apprezzare molto anche i Beatles, David Bowie e i Green Day, mentre mi tenevo ferocemente alla larga dalla musica ispanica. Passavo da piazza Aldo Moro, dove si riunivano ragazzi e ragazze che avevano formato una *crew*, una squadra di rapper, ballerini hip hop e graffitari.

Li fissavo con dentro l'ammirazione e fuori il finto disinteresse di chi si trova lì per caso, oppure mi fermavo nelle loro immediate vicinanze, fingendo di leggere delle vecchie locandine sbiadite, sempre le stesse da chissà quanto tempo.

Speravo che prima o poi sarebbero stati loro a fermarmi, speravo tanto mi dicessero qualcosa, speravo che s'interessassero a me perché eravamo vestiti nello stesso modo e perché evidentemente ascoltavamo la stessa musica, ma quelli si accorgevano appena della mia esistenza, e anzi una volta ho anche avuto l'impressione che una di loro stesse ridendo di me, esattamente come facevano i ragazzi del corso di solfeggio.

Si era girata nella mia direzione mentre fingevo di interessarmi ad una locandina che pubblicizzava un corso per diventare dei provetti assaggiatori di vini, un corso evidentemente finito da un pezzo, per poi rivolgersi nuovamente ai suoi amici dicendo qualcosa a bassa voce dopo aver annuito ridacchiando.

Inutile specificare che nel frattempo i contenuti di quella locandina li avevo imparati a memoria.

Nel giro di otto mesi, la mia passione sociologica per quel mondo sarebbe svanita progressivamente, ed io pian piano avrei ripreso ad indossare i miei consueti maglioni a tinta unita che avevo abbandonato fra la polvere del mio armadio.

Gli anni successivi li ho poi vissuti in maniera del tutto lineare.

Ho continuato ad ascoltare tanta musica, ho intensificato il mio rapporto con la lettura—Hermann Hesse in testa—e sono addirittura entrato in una comitiva.

Tutto è andato avanti più o meno tranquillamente fino a quando la voglia di giocherellare con uno strumento musicale non è nuovamente tornata ad occupare le mie giornate e i miei pensieri.

Arriviamo adesso al tempo presente.

Siamo in una fresca sera d'estate del 2007 e mi trovo in un piccolo paese abitato da circa diecimila anime, dove ogni anno, il primo agosto, si festeggia la storica "Sagra degli spaghetti".

Non ci ero mai venuto prima d'ora, ma un amico mi ha detto che ci si diverte molto fra danza, buon cibo e musica suonata dal vivo, così mi sono lasciato convincere a fargli compagnia.

Sul lungomare del paese è stato allestito un piccolo palco, dove ogni anno si esibiscono artisti locali.

A quanto pare, qui i soldi non sono mai abbastanza per invitare a cantare i cosiddetti *big*, anche se ogni anno si vocifera puntualmente dell'arrivo di qualcuno che però non verrà.

Questa volta, ad esempio, nei mesi che hanno preceduto la Sagra, si era diffusa la voce che ci sarebbe stato Edoardo Bennato, salvo poi essere smentita dai cartelloni pubblicitari e nella conferenza stampa di presentazione.

# CAPITOLO 4

# LO SGUARDO DI GERMANA

Dopo l'esibizione di un duo hip hop che non ha potuto non riportarmi alla mente il passato da *B Boy* a caccia di un gruppo di cui sentirmi parte, ecco che sale sul palco una ragazza che sembra avere più o meno la mia età.

Il suo nome è Germana Spagnoletti.

Germana arriva con passo lento e si presenta a tutti noi con poche parole, notevolmente intimidita prima di mettersi, con grande discrezione, dietro ad un pianoforte digitale nero.

Con tre ballate dolcissime scritte da lei, questa splendida creatura riesce a mantenere viva l'attenzione di un pubblico sempre più partecipe che, prima di applaudirla, poggia per terra i piatti colmi di spaghetti con olio e pomodorini acquistati a furor di popolo dalle bancarelle sparse per il lungomare.

Mi sembra una cantautrice molto originale, lo penso mentre per distrazione affondo una scarpa bianconera fra gli spaghetti di un povero malcapitato che si trova dietro di me e capisco, dal titolo di uno dei suoi brani, che è anche una grande estimatrice di Hermann Hesse, esattamente come me.

La ascolto con trasporto totale e realizzo che voglio imparare a suonare il pianoforte, autoconvincendomi che questa volta non abbandonerò il progetto iniziale.

Questa volta non mi lascerò sopraffare dalla paura, com'è accaduto con la chitarra e con quella classe di schifosi qualche anno fa.

Questa volta sento di essere diventato grande, o almeno un tempo si diceva così, e sento che la mia vita è cambiata, ma soprattutto, sento che sono cambiato io.

Sento che il pianoforte sarà lo strumento musicale giusto per me, quindi al diavolo la chitarra!

Rientrato a casa un po' su di giri per la serata, rifletto mentre cerco di prender sonno.

Penso al colpo di fulmine che ho vissuto per il pianoforte, ma soprattutto penso alla persona che, senza saperlo, ha saputo avvicinarmi alla bellezza dello strumento. Una ragazza dai modi semplici, col viso acqua e sapone, molto meno sofisticata rispetto a Sonia, con lo sguardo apparentemente perso nel vuoto, ma in realtà tutto concentrato verso il mondo che ama sognare e suonare, per non parlare della sua voce incantevole, che alla fine della Sagra è riuscita a commuoverci tutti con un'intimistica versione di *Wuthering heights* di Kate Bush.

Dalla data segnata in calce all'ultima pagina di diario, mi rendo conto che nel frattempo sono trascorsi due anni da quella serata meravigliosa.

In questi due anni, mi sono immatricolato all'università, indirizzo Lettere Moderne, ed il desiderio di imparare a suonare il pianoforte non ha mai smesso di farmi compagnia.

Di Germana Spagnoletti ho scoperto che siamo addirittura colleghi di corso, ma lei è un po' più grande di me, quindi sta quasi per terminare, mentre io sono ancora immerso in un piacevole alto mare fra lezioni da seguire ed esami da sostenere.

In questi due anni appena trascorsi, sono riuscito a mettere i soldi da parte per acquistare un pianoforte digitale, così un bel sabato mattina, riuscendo mira-colosamente a non farmi malmenare da mia madre, bonariamente incazzata per lo spazio enorme—così ha detto lei—che lo strumento avrebbe occupato in casa, sono riuscito a trasportarlo nella mia cameretta e a metterlo in funzione.

Dopo due settimane, ho seguito la prima lezio-ne sotto la guida di una musicista molto conosciuta a Mola e dintorni per le sue eccentriche teorie sulla didattica musicale.

I ragazzi e le ragazze della mia età la amano, mentre certi puristi contestano i suoi metodi conside-rati un po' troppo eterodossi.

Lei si chiama Lisa e, pur essendo torinese, vive da diversi anni a Mola dopo aver vinto per errore—dice lei—una cattedra al Conservatorio di Bari.

Lisa è piuttosto bassa di statura, i suoi capelli sono castani e ha due occhioni neri e rassicuranti.

Ogni giovedì vado a casa sua pieno di entusiasmo.

Le sue lezioni sono divertenti e rilassanti, e trovo addirittura piacevoli i "compiti a casa" che mi assegna, soprattutto apprezzo molto gli esercizi per lo scioglimento delle dita ed i giri armonici che mi fa ripetere ad alta voce mentre li suono.

Tutto procede con grande lentezza e semplicità, o almeno questa è stata finora la mia percezione, e le mezze inquietudini che di tanto in tanto sono venute a farmi visita se ne sono andate man mano, senza nemmeno disturbarmi troppo con il loro rumore.

In questi momenti sento che lo Spettro del Flamenco è sempre più lontano dalla mia vita. Lo percepisco mentre aleggia discreto e silenzioso attorno a quella chitarra classica di colore blu scuro, un tempo coccolata dalle mani di Sandro e oramai ridotta ad accogliere e raccogliere generosamente tutta la polvere della mia cameretta mentre se ne sta isolata nel triste angolino che da tempo le è stato riservato.

Lisa, intanto, comincia ad assegnarmi alcune partiture di Bartok e persino queste non mi preoccupano particolarmente. In fin dei conti, devo utilizzare entrambe le mani in contemporanea per produrre lo stesso suono. Il movimento che devo realizzare con l'indice della mano destra è in perfetta sincronia con il movimento che devo realizzare con l'indice della mano sinistra, qui di non c'è nulla di cui preoccuparsi.

Sento dentro di me che le piccole resistenze saranno via via annientate e con questo spirito leggero proseguirò il corso di piano per diverse settimane.

Lo Spettro del Flamenco è rimasto a lungo lì, invisibile e taciturno, attorno alla mia chitarra classica che—ho giurato—non toccherò mai più. Ma un bel giovedì pomeriggio le rivolgo lo sguardo e noto che è stata spostata, soprattutto noto che è stata tirata a lucido. È successo che mia madre, in tandem con mia sorella, ha fatto le pulizie generali e questo spiega perfettamente l'inquietante mistero, compresi i testi universitari andati a finire in mezzo a quelli del liceo che non sono riuscito a rivendere.

Così imparo una buona volta a non essere pigro e a sistemarmi la stanza da solo.

Eccomi a casa di Lisa per la nostra nuova lezione.

Dopo avermi accolto calorosamente come sempre, sistema la mia giacca sul divano e poi comincia ad illustrarmi una sorta di fase tre da avviare nel nostro bel corso di pianoforte: "Carissimo Antonio, oggi faremo un altro piccolo passo in avanti. In questi mesi hai fatto tantissimi progressi, li ho ben ascoltati con le mie orecchie e ne sono felice, ma prima o poi dovrai acquisire la capacità di suonare un intero brano da solo, magari un giorno potresti avere voglia di suonare dal vivo durante un festival musicale, ne fanno tanti da queste parti, oppure vorrai fare una bella serenata romantica a quella ragazza che ti piaceva quando andavi a scuola, quella di cui mi hai parlato una volta, com'è che si chiama? Samantha? Stefania? Serena? Non ricordo ..."

Era Sonia, cara maestra, ma non importa.

Esattamente in questo momento le mie gambe cominciano a tremare.

Eccole le vertigini! Ho voglia di andar via o di mettermi a urlare, di inventare una storia qualsiasi per fuggire all'istante, per tornare a casa e rifugiarmi nella tranquilla vita familiare per tutta la serata, e forse anche oltre, magari per sempre.

La fase del delirio mistico sta per avere inizio.

Germana, ti prego, vieni qui a salvarmi.

Prendi il mio posto per un'ora di pianoforte. Puoi portare anche il tuo se vuoi, non ci formalizziamo. L'importante è che tu venga a salvarmi da questa tortura.

# CAPITOLO 5

# UN NUOVO SPARTITO

Conosco benissimo le intenzioni di Lisa. Me le ha già accennate qualche settimana fa, utilizzando però un generico tempo futuro che in quel momento mi era sembrato molto lontano, e a suffragare ulteriormente la mia certezza c'è lo spartito poggiato in bella vista sul pianoforte.

Oggi pomeriggio cominceremo a suonare uno dei capolavori riconosciuti della canzone italiana, *Il cielo in una stanza* di Gino Paoli, testo degno dei più grandi poeti di sempre ed una melodia in grado di far emozionare anche i manichini. Ma suonare un brano del genere mi spaventa, e tanto, perché se è vero che anche questa volta dovrò utilizzare entrambe le mani, è anche vero che non dovrò più utilizzarle in sincrono, come ho fatto con quelle partiture di Bartok.

Questa volta devo impiegare la mano sinistra per suonare il giro di Do e la mano destra per suonare la melodia. Un autentico labirinto per me, che sono alle prime armi.

A distanza di anni, lo Spettro del Flamenco ha lasciato la chitarra da sola nel suo angolino per tornare nella mia vita. Quella orrenda bestia dell'insicurezza, generatrice di ansia e cattivi pensieri, quella bestia che si mangia la libertà dell'anima e della carne, ha improvvisamente deciso di tornare a farsi sentire con tutta la sua irruenza, ed io medito di fuggire, subito!

Fuggire dall'accogliente casa di Lisa, andare a nascondermi, magari nell'armadio della mia cameretta come il personaggio di Super Vicky, o in una di quelle grandi felpe extra-large che indossavo in tempi remoti.

La maestra cerca di rassicurarmi dopo aver notato l'improvviso nervosismo del suo caro allievo.

Il mio volto sta diventando paonazzo, per non parlare della sudorazione improvvisa e a cascata, nonostante il caldo estivo sia ancora lontano.

Con grande pazienza, Lisa cerca di farmi suonare e canticchiare molto lentamente le primissime parti del brano, ma è tutto inutile.

In questo momento nella mia testa c'è soltanto la confusione.

A fine lezione ci siamo salutati con un caloroso abbraccio che mi ha trasmesso l'inquietante sensazione dell'addio.

Mentre mi avvio verso casa, i miei occhi cominciano a riempirsi di lacrime.

D'istinto vorrei correre, fuggire per sempre da quel mondo della musica che tanti danni mi ha causato, ma il mio passo resta lento. Non corro, non fuggo, non smetto di piangere.

Rallento ulteriormente il mio passo, allungo il mio percorso, con le lacrime bollenti che scivolano dritte come gocce di pioggia verso l'asfalto e la terra battuta che sto calpestando.

Quello Spettro malefico e antipatico ha nuovamente preso possesso di me, ancora una volta, dopo la lunga lontananza.

Mentre passo davanti ai giardinetti, nei pressi della stazione, vedo dei bambini che giocano a calcetto con un pallone leggerissimo, che fanno schizzare senza troppi problemi verso l'alto e verso il basso, a destra e a sinistra, sempre più incanutito. Ciascuno di loro dà tutto sé stesso per mostrare la propria incredibile bravura a tre dolci fanciulle che mi sembrano di pochissimo più grandi rispetto ai maschietti, tutte e tre felici mentre si dividono le vesti di una bambola che giace nuda sulla panchina, con gli occhietti spalancati rivolti verso l'alto, e mi viene in mente l'immagine di me che spoglio una delle bambole di mia sorella all'età di undici anni, forse il mio primissimo approccio alla sessualità.

Quanto vorrei avere i loro anni! È quello che penso mentre li guardo, così belli, così leggeri e così distanti da tante impalcature mentali utili nell'offuscare la vista di noi "grandi", noi "persone mature", il nostro modo di vivere, di agire, di relazionarci alle persone, alle cose, alle passioni. Non ho alcuna fretta di mettermi a provare il brano.

Quando rientro a casa, i miei occhi sono gonfi e rossi, ma non se ne accorge nessuno.

Non se ne accorgono i miei genitori e non se ne accorge nemmeno mia sorella, che pure solitamente squadra le persone dalla testa ai piedi.

Tutti e tre sono felicemente impegnati a sbellicarsi dalle risate per un video che stanno guardando su internet.

Vado nella mia cameretta e sistemo un enorme lenzuolo bianco su quel pianoforte digitale faticosamente comperato e trasportato. Penso che probabilmente, nel giro di pochi mesi diventerà un maledetto cimelio inutilizzato e pieno di polvere, esattamente come la chitarra, fermo lì, in memoria del mio nuovo fallimento.

Sono trascorsi cinque giorni e, con un pretesto o l'altro, non mi sono più avvicinato a quel piano.

Il candido lenzuolo bianco che adesso copre questo oggetto da museo conferisce un'aura improvvisamente spettrale—eh sì, come la chitarra—a quello che per un periodo è stato lo scrigno dei miei sogni, il medium che mi avrebbe dato una possibilità d'interazione in più sia con me stesso sia col mondo esterno. E dato che tutto si tiene, anche lo studio universitario si sta pericolosamente arenando. La mia mente è stanca, depressa e annebbiata. In ateneo ci vado poco volentieri per seguire distrattamente le ultime lezioni del corso di Lingua e Letteratura latina, sebbene il gran giorno dell'esame scritto si stia pian piano avvicinando.

Siamo arrivati a giovedì e da sette giorni non tocco il pianoforte.

Le ore passano implacabili fino all'arrivo del tardo pomeriggio, quando decido di inviare un messaggio sul telefonino di Lisa. Le scrivo che, se per lei non ci sono problemi, dovremo vederci direttamente la settimana prossima, perché oggi ho da sbrigare delle non meglio specificate commissioni.

In realtà, vorrei tanto chiamarla e dirle direttamente a voce che forse sarebbe meglio sospendere i nostri incontri per un paio di mesi perché sono indietro con la preparazione di due o tre esami e perché lo studio delle partiture mi sta portando via troppo tempo, ma non lo faccio. Forse per mancanza di coraggio, o forse perché sotto sotto non ho nessuna voglia di mollare tutto. Forse so molto bene che se lascio il corso adesso, rischio di non riprenderlo mai più, così come ho fatto qualche anno fa con quei corsi di chitarra e solfeggio.

È venerdì. Oggi ho deciso di trattenermi in ateneo fino a sera per studiare un po' di più con la speranza di recuperare una buona dose della concentrazione andata perduta.

Alle diciannove la biblioteca centrale "Antonio Corsano" è semivuota.

Dietro di me c'è una ragazza che giocherella con uno *smartphone* e nel frattempo "studia" un manuale di Filologia romanza, mentre io do un'occhiata ai testi che la professoressa ci ha letto durante le ultime lezioni, con le straordinarie poesie d'amore di Catullo e Properzio che cedono il passo al *Satyricon* di Petronio quando il sole comincia a nascondersi.

Ad un tratto, noto con grande piacere che sono riuscito a recuperare una buona parte di quello che non ho fatto in settimana e pian piano vedo le prime scintille farsi largo tra la cenere che si è accumulata.

Un mozzicone di sigaretta gettato per terra, nel bel mezzo della biblioteca. Ma come si fa?

# CAPITOLO 6

# L'ORCHESTRA DI GIOCOLIERI

Sento che piano piano qualcosa sta cominciando a cambiare. L'angoscia e il pessimismo del cuore e della ragione stanno lentamente concedendo i loro spazi ad una moderata leggerezza, ad un minimo di respiro. I miei pensieri tornano a Lisa, alle lezioni di piano, a Gino Paoli. Comincio a pensare che forse, suddividendo la canzone in minuscoli brandelli sonori sui quali esercitarmi quotidianamente, alla fine qualche buon risultato lo potrei ottenere. Forse.

Del resto, facevo più o meno la stessa cosa da bambino, quando dovevo imparare le poesie a memoria, con il paziente aiuto di mia madre, che controllava se le recitavo correttamente nel suo meticoloso lavoro di sartoria.

Sono i piccoli pezzi di stoffa che fanno l'unità ed è da quelli che dobbiamo partire per ricomporla. Me lo diceva sempre mia madre quando mi disperavo vedendo quanto fosse lunga la poesia.

A testa bassa, scendo giù per le scale che portano fuori dall'ateneo e mi ritrovo in piazza Umberto I, nel pieno centro di Bari, dove c'è qualcosa che attira subito la mia attenzione.

In prossimità della fontana illuminata e generosa dispensatrice d'acqua per la gioia di colombi svolazzanti e pesciolini rossi, osservo stupito un folto gruppo di ragazzi e ragazze che sembrano avere più o meno la mia età.

Assieme a loro ci sono delle chitarre acustiche, dei tamburelli e altri strumenti musicali dei quali riconosco soltanto una minima parte. Sono ancora troppo lontani da me. Man mano che mi avvicino a loro, realizzo che una ragazza ha con sé un bellissimo clarinetto di colore argentato, ma ci sono anche diamoniche a bocca che non vedevo dai tempi della scuola media e addirittura un flautino di plastica, altro antico ricordo di quegli anni.

Tutti cantano, suonano, alcuni battono le mani per contribuire alla costruzione del ritmo, ognuno a suo modo, creando un accompagnamento che si fa via via sempre più robusto.

Personalmente sono sempre stato molto timido, direi quasi all'inverosimile. Lo ero anche ai tempi della scuola, quando cercavo goffamente di farmi notare dai componenti della *crew*, e anche questa volta la timidezza interviene bloccandomi qui, ad osservarli a distanza ravvicinata senza buttarmi nella mischia, cosa che invece ha appena fatto un'audace signora con la gonna accompagnata dalla figlia. Quando però mi sembra di riconoscere un inizio un po' sgangherato di *Rock the Casbah* dei Clash, gli insopportabili freni inibitori cedono di schianto, così con un coraggio a quattro mani che forse in tanti anni non ho mai avuto, mi dirigo verso di loro facendo tre o quattro passi lunghi e svelti, con lo sguardo che sembra fissare il vuoto.

Chiudo gli occhi per una frazione di tempo indefinito, poi li riapro ed eccomi vicino a loro. Alcuni sono seduti su una panca in pietra, altri sono in piedi mentre battono il tempo con le mani, molti sono seduti per terra. Quando mi ritrovo nel bel mezzo della piccola folla, fermo e in piedi come una statua di sabbia, non so che cosa fare.

Eccoti ancora qui, invadente timidezza! Mi siedo per terra o resto così per qualche altro minuto prima di fuggire con la massima discrezione, sperando di non farmi notare?

Mentre dibatto con me stesso a causa di questo dubbio amletico, mi limito a sorridere e a guardarli divertirsi, come facevano i bambini della stazione, fino a quando un ragazzo con le treccine, che nemmeno avevo visto nonostante la corporatura massiccia, mi fa un cenno netto con la mano destra: devo sedermi con loro.

Un po' imbarazzato, accetto il suo invito sorridendo, e quando sono sull'asfalto reso umido dall'acqua che continua a zampillare dalla fontana, mi offre uno spicchio del suo mandarino e in un attimo mi sento magicamente parte di questa piccola grande orchestra di giocolieri.

Proseguiamo l'esecuzione di *Rock the Casbah* per altri dieci minuti, modificandola con nuove strofe, nuovi suoni e nuovi ritmi, un po' come faceva mio padre quando mi raccontava la storia di Cenerentola stravolgendo il finale, o come fa Lisa con i brani che mi fa ascoltare di tanto in tanto durante le sue lezioni strampalate.

Di queste lezioni, riprendo pian pian ad avere un'idea piacevole mentre l'ateneo barese e la fontana, entrambi illuminati d'acqua e di luce, sembra quasi che mi stiano sorridendo.

Ci stiamo divertendo con la musica ed io mi sento libero e spensierato come se avessi dieci anni, come un bambino che gioca felice con altri bambini, a calcetto o a nascondino, e ha la lucidità di vivere il mondo per quello che dovrebbe essere: uno sterminato parco giochi, dove a prevalere è la voglia di star bene. Mentre mi divido fra pensieri e presenza, il gruppo diventa sempre più numeroso e, assieme agli strumenti musicali, fanno la loro comparsa anche libri magnifici, quelli che periodicamente tornano di moda per poi essere dimenticati almeno per un po', dell'ottimo vino, delle focacce e del cioccolato fondente profumatissimo.

La memoria del mio cuore non potrà mai mettere da parte questa serata. Tre ore di musica, felicità e improvvisazione fra canti e letture.

Assieme a loro, mi sento un luminoso tassello di una totalità, di un bellissimo mosaico grande e ricco di colori. Quando per il gran finale parte l'inizio di *It's my life* dei Bon Jovi, noto all'improvviso un faccino angelico che mi sembra di aver già visto tempo addietro. È il faccino angelico di una ragazza scatenata che, seduta sulla panca in pietra, regge sulle ginocchia una piccola tastiera a batterie. Canta e suona la tastiera giocattolo, muovendosi con grande naturalezza, come se stesse pogando. Comincio a fissarla con sguardo indagatore, ma due minuti mi bastano per riconoscerla. Signore e signori, riecco a voi Germana Spagnoletti.

Germana è iscritta a Lettere Moderne come me, quindi non è poi così strano che sia qui esattamente come ci sono io, ma non avrei mai pensato di incontrarla stasera.

Quando devo andare a prendere il treno, saluto tutti con gioia e li ringrazio per il tempo che siamo stati assieme. Tutti rispondono al mio saluto ed il ragazzo con le treccine mi invita a tornare presto. A quanto pare, si ritrovano spesso da queste parti con una certa preferenza per il venerdì.

A Germana non ho detto nulla, anche se mi sarebbe piaciuto. Solita timidezza, ma del resto che cosa le avrei potuto dire?

# CAPITOLO 7

# TOCCARE IL CIELO CON LA MUSICA

Ora sono in treno e d'istinto prendo il bel taccuino cartaceo che porto sempre con me. I miei occhi sono socchiusi, la testa è bassa, occupo due sedili e sistemo le gambe penzolanti sul bracciolo esterno fino a quando non dovrò riposizionarmi per fare largo al controllore.

*Cara Germana, probabilmente non leggerai mai questa lettera, molto semplicemente perché credo che mai sarò in grado di consegnartela o di spedirtela, ed è altrettanto probabile che tu stasera non mi abbia nemmeno visto, così come nell'estate del 2007, quando hai cantato davanti ai tuoi concittadini per la Sagra degli Spaghetti.*

*In quell'occasione sono capitato fra il pubblico assieme ad un amico e grazie a te quella sera ho deciso che avrei imparato a suonare il piano.*

*Ora, a distanza di tre anni, stavo abbandonando tutto perché la paura di fallire mi aveva immobilizzato, vedevo che gli esercizi da fare diventavano sempre più complessi, così ho cominciato a sentirmi incapace e inadeguato, come già mi era successo in passato.*

*Avevo ricominciato a sentirmi un buono a nulla che non avrebbe mai raggiunto un obiettivo nella sua vita, tanto che stavo per comunicare alla mia maestra la volontà di smetterla con le lezioni, ma stasera ho deciso che le cose andranno diversamente, grazie a tutti voi.*

*Quando vi ho visti suonare, cantare, leggere pensieri e poesie, ho capito una cosa che forse prima non avevo mai realizzato: la Musica, così come ogni altra forma d'arte, non è soltanto tecnica, non è solo l'esercizio forsennato e, soprattutto, non è mero esibizionismo.*

*In questa meravigliosa serata di maggio, ho imparato a vedere nella Musica lo spirito leggero e creativo, il divertimento, il piacere di emozionarsi, la voglia di stare assieme, tutta la parte che mi mancava, quella più bella e luminosa.*

*Lisa, la mia maestra, mi ha ripetuto questi concetti sino allo sfinimento e sin dall'inizio sono stato d'accordo con lei, ma questa sera ho capito che probabilmente non avevo mai realmente interiorizzato queste ovvietà, non le avevo mai fatte realmente mie, probabilmente perché non avevo mai vissuto un'esperienza come quella di oggi. Era ciò che mi mancava per spiccare il volo e l'ho capito definitivamente quando una tua amica ha recitato alcune parti del "Gabbiano Jonathan Livingstone".*

*Spero di rivedere presto te e gli altri, e spero di potervi presto esprimere a voce tutta la mia gratitudine senza lasciarmi fregare dalla timidezza.*

*Un abbraccio,*
*Antonio*

Quando scendo dal treno sono le ventitré e trenta. Il clima è tipicamente primaverile e tira un piacevolissimo venticello. Non ho molta voglia di tornare a casa, sono troppo eccitato per la bellissima serata trascorsa a Bari, così decido di farmi una passeggiata sul chilometrico lungomare del mio paese, dalla zona Ovest alla zona Est. Cammino e guardo la gente seduta sulle panche di pietra. Nonostante l'ora, ci sono intere famiglie con bambini al seguito e ci sono ragazzi della mia età, ragazzi più piccoli e ragazzi più grandi, ci sono comitive, ma anche coppiette carinissime che si tengono per mano. Di tanto in tanto mi fermo per osservare attentamente il paesaggio che ho davanti, una sterminata tavolozza variamente colorata di giorno e di notte, questo mare così generoso e qualche volta così crudele, vittima sacrificale ma anche carnefice, violentatore di corpi a sua volta violentato dall'incuria delle menti umane.

In questo momento mi sembra che stia dormendo, facendo bella mostra di sé, illuminato dalle stelle.

Mentre osservo questo meraviglioso spettacolo che la natura ci ha donato, sento rinvigorirmi l'anima, il cuore e la mente di freschezza e sensazioni positive, finché un sorriso leggero, pieno e un po' schernevole, si stampa sulle mie labbra. Sento che è uno di quei sorrisi beati, di quelli che sembrano destinati a durare per sempre, immuni a qualsiasi avversità, resistenti e resilienti rispetto agli attacchi di un qualsiasi Spettro del Flamenco sempre in agguato nelle nostre vite.

Rientro a casa verso l'una, mentre i miei dormono già da un pezzo. Sforzandomi di non fare troppo rumore, mi dirigo a passo sostenuto nella mia cameretta e chiudo la porta. Accendo la luce e trovo tutto così come lo avevo lasciato. La chitarra, ferma al suo angolino sempiterno, ha ricominciato a prendere polvere; la scrivania piena di libri, quaderni e pennarelli sparsi ovunque; c'è il mio orsetto lavatore di peluche che guarda tutto con una disinteressata superiorità dall'alto della sua libreria, e infine, di fronte alla finestra, c'è ancora il mio pianoforte digitale, quello faticosamente comprato e trasportato, quello che avrebbe dovuto cambiarmi la vita, quello che pensavo mi avrebbe reso più apprezzato dagli altri, più determinato, più fiero di me.

Solo adesso mi rendo conto di quanto tutto ciò mi importi poco. Il mio unico desiderio, in questo momento, è quello di giocare e divertirmi, esattamente quello che fa Germana, esattamente quello che facevano stasera i suoi amici e le sue amiche, esattamente quello che mi ha sempre detto di fare Lisa sin dalla prima lezione.

Sollevo il lenzuolo bianco dalla tastiera e mi siedo. Il piano è leggermente impolverato, ma non importa. La mia mano sinistra inizia a correre lungo i sessantotto tasti, mentre una lieve luce di lampione acceso, tipicamente notturna, illumina ulteriormente la stanza penetrando con discrezione dalla finestra.

Le cinque dita della mia mano sinistra tornano al punto di partenza e cominciano a camminare lungo i tasti, li toccano con dolcezza, passandoli in rassegna, come si farebbe con un massaggio o con delle coccole sensuali, alla ricerca di un contatto profondo.

Parte la melodia di un brano, la riconosco. È *Il cielo in una stanza* di Gino Paoli. Comincio pian piano a canticchiarne il testo e godo della sua bellezza assoluta. Penso a Germana e al fatto che vorrei tanto condividere questo momento con lei. Adesso la vedo, così, all'improvviso, è davanti a me, seduta in silenzio sul davanzale mentre mi fissa e poi lentamente si avvicina per prendermi la mano destra.

Poggio la mano destra sul pianoforte e inizio a suonare il giro di Do, Do Mi Sol, La Do Mi, Re Fa La, Sol Si Re. Poi sollevo la mano sinistra e, senza fare troppa fatica, riesco a poggiarla nuovamente sul piano.

Sto suonando la parte armonica di un brano che, sino a ventiquattro ore prima, credevo avrebbe finito di distruggermi la vita. Esattamente come aveva iniziato a fare quel brano di Flamenco qualche anno prima.

Alle mie spalle resta lui, fedele taccuino cartaceo dalla copertina rosso sangue, appena poggiato sulla scrivania, a circa un metro di distanza.

## CAPITOLO 8

# FRA L'APOTEOSI E L'APOCALISSE

La mia mano destra sta suonando, e anche la mia mano sinistra, sento che la mia voce sta cantando, con qualche stonatura forse, eppure mi diverto.

Vedo Germana sempre più vicina e la sento mentre prende i miei fianchi, i miei gomiti, le mie mani. Mi giro lentamente verso di lei e sento che le sue braccia sono attorno al mio collo, mentre ci stendiamo beati, fissandoci negli occhi, sul lenzuolo bianco. Finisco di suonare dopo circa sette - otto minuti di estasi mistica. Prendo fra le mani un quaderno rosso dalla copertina appena sbiadita, è un quaderno pentagrammato, con le partiture, che Lisa mi ha regalato dopo l'ultima lezione e, mentre lo sfoglio, trovo a pagina trentuno un brano di Flamenco.

Non è quello di Sandro o forse sì, forse è proprio quello, chissà, sono passati diversi anni da quel pomeriggio a scuola e non ricordo più il titolo con precisione.

Fisso per un attimo il foglio con il suo pentagramma, le sue stanghette, le sue palline bianche e le sue palline nere. Sistemo il quaderno sul leggio e ricomincio a suonare.

Non conosco la musica a memoria, quindi devo più volte mettermi a leggere gli spartiti.

All'inizio ci vado piano e sbaglio molte cose, forse anche troppe, ma non importa. Invito il mio cervello a divertirsi e continuo ad insistere per altri quindici-venti minuti, prima di portare definitivamente il brano alla sua conclusione, modificandone alcune parti, più o meno volontariamente. Alla fine accenno addirittura qualche goffo passo di danza e per poco non mi ritrovo seduto a terra. È l'apoteosi. O l'apocalisse se preferite, fate un po' voi.

Preso dall'entusiasmo, mi dirigo verso la finestra e decido di affacciarmi.

Il cielo mi sembra incantevole, ricco di stelle, di suoni e di sorrisi complici. Sono quasi le tre del mattino e mi viene da ridere pensando che ho rischiato di attirarmi le bestemmie dei miei genitori oppure, nella peggiore delle ipotesi, la denuncia di qualche vicino di casa che voleva dormire.

Mi soffermo con lo sguardo sulla strada deserta. C'è soltanto una ragazza che cammina, ma è piuttosto distante, quindi non riesco a vederla in faccia, eppure sembra piuttosto carina e sta venendo nella mia direzione. È magra, indossa una giacca bianca e leggera, da mezza stagione, e porta con sé una borsa a quadrettini. La sua andatura è un po' goffa, come i miei passi di danza.

Si sta avvicinando con passo svelto, forse per evitare i maniaci, ed ora si trova sotto casa mia, finalmente la vedo. È Germana! Che ci fa lei qui a Mola? A quest'ora poi... Provo a chiamarla, ma non mi risponde.

Vorrei tanto che salisse per stare un po' con me, magari su quel lenzuolo bianco, per fare due chiacchiere, o molto più realisticamente anche solo per avere un suo giudizio, un consiglio per migliorare al pianoforte.

Ho provato a richiamarla, ma non mi ha sentito, e i postumi dell'estasi mistica mi fanno ad un certo punto credere di essere autorizzato ad urlare il suo nome, rischiando così ancora una volta le bestemmie dei miei consanguinei e le denunce dei miei vicini di casa.

"Germana! Germana! Germana!"

Sbigottita da questo frastuono con l'eco, Germana si ridesta e alza lo sguardo verso di me, affacciato alla finestra e intento a sgolarmi, mentre scopro all'improvviso che la ragazza in questione non è Germana.

Figuraccia!

Le accenno un saluto con la mano, un po' rosso in volto, quasi come il quaderno che Lisa mi ha regalato. Lei risponde con un mezzo cenno della mano sinistra e noto che il suo sguardo è un po' annebbiato, forse dall'alcol. Chiudo frettolosamente la finestra, rimetto il lenzuolo bianco sul pianoforte ed il quaderno rosso sul comodino. È ora di mettersi a letto.

Smaltita l'adrenalina, mi infilo sereno sotto le coperte e penso che presto rivedrò Lisa, la mia maestra di piano, finalmente le potrò dire che ce l'ho fatta. Ho vinto le mie paure, il mio senso di inadeguatezza, la mia ansia costante, tutto mi sembra all'improvviso ridimensionato e persino i brutti ricordi degli anni passati—Sonia, l'insegnante di solfeggio, gli imbecilli che seguivano il corso con me—assumono pian piano una luce diversa. Poi il pensiero va alla maestra, a Germana e alle persone che suonavano e cantavano con lei. Tornerò presto a trovarli, questo è certo.

È giovedì sera. Oggi rivedo Lisa dopo due settimane. La maestra spalanca la porta di casa sua, a due passi dalla stazione, e mi accoglie calorosamente come fa sempre, mi chiede come sto e finalmente riceve una risposta del tutto sincera. Questa volta, infatti, mi sento bene per davvero, senza tentennamenti e senza asterischi. Sento che il mio volto è disteso, non più perennemente contratto, con gli occhi che non sanno dove guardare, come accadeva durante l'ultima lezione. Ho fiducia in lei e ho fiducia in me. L'ansia e la paura ci sono ancora, nascoste piccole piccole, in un angolino, come lo Spettro del Flamenco, ma lascio che stiano lì a guardarmi e a darsi da fare con i loro leggeri spostamenti, come se niente fosse.

Lisa mi fa sedere dietro al pianoforte e poi si mette al mio fianco, come sempre. Così, dopo i soliti esercizi iniziali che servono a rendere più flessibili i muscoli delle dita, mi fa suonare un po' di Bartok.

Siamo in piena primavera ed il sole sta tramontando per cedere il passo ad un cielo che si fa pian piano più scuro. La lezione sta per terminare e l'atmosfera rilassata che si è creata è perfetta per il brano che Lisa mi chiede di suonare alla fine del nostro incontro. È *Il cielo in una stanza* di Gino Paoli.

Quando poggio le dita sulla tastiera, sento di essere calmo, calmissimo. Faccio un bel respiro profondo, riempio d'ossigeno l'addome, la cassa toracica e la zona clavicolare, poi li svuoto trattenendo le energie positive, la freschezza, la concentrazione. Comincio a suonare.

Le mie dita camminano lentamente sui tasti del pianoforte, con Lisa che nel frattempo canticchia sorridendo. Anch'io sorrido e a tratti socchiudo gli occhi, cercando di immaginare uno scenario simile a quello raccontato nel testo.

Negli occhi azzurri di Lisa vedo improvvisamente il volto di Germana, lo vedo specchiarsi per una frazione di secondo forse, ma è meglio non pensarci troppo. Alla fine non resisto alla tentazione e mi metto a cantare anch'io.

Stiamo viaggiando un po' più lentamente rispetto all'originale, ma non importa. A dirla tutta, faccio anche qualche piccolo errore sparso, un po' con una mano e un po' con l'altra, ma Lisa sembra contenta lo stesso e con lo sguardo mi invita a proseguire.

"Vai avanti, caro. Si può fare anche così!", dice carezzandomi la nuca con le sue dita lunghe e magre, mentre mi sento sempre più protetto, come quando sogno cose belle sotto le coperte di casa, e ho l'impressione di toccare la nuvola numero nove, o il settimo cielo, come si dice in questi casi.

# CAPITOLO 9

# LA MANO SULLA SPALLA

L'incubo è finito.

Lo Spettro del Flamenco è stato messo da parte ed io potrò continuare a seguire con grande piacere le mie lezioni di piano. Siamo arrivati a giugno, il corso procede felicemente e Lisa continua ad assegnarmi brani da suonare. Le difficoltà non mancano, ma ho imparato a considerarle come fatti normali e non più come tragedie irrisolvibili.

Ogni anno, ad agosto, Lisa fa partecipare i suoi allievi ad un saggio musicale organizzato dalla sua associazione, uno spettacolo che questa volta si terrà in un'arena di media grandezza, nella splendida cornice di Polignano a Mare, poco distante da Mola.

Quando vengo a sapere che sono stato incluso fra i partecipanti cominciano a tremarmi le gambe, salvo poi fermarsi magicamente quando raggiungo i miei amici "baresi" per un'altra meravigliosa jam session.

Ne parlo anche con Germana, a fine serata, quando mi trovo da solo con lei. È la prima volta che questo accade.

Dopo aver finito di suonare, ci allontaniamo da piazza Umberto I per raggiungere la stazione di Bari Centrale. Lei è gentilissima e, sentendola parlare, scopro che mi conosce molto più di quanto pensassi. Sa che siamo colleghi all'università, anche se lei sta quasi per laurearsi. Germana mi ha visto più di una volta in ateneo e sa che ho da poco dato—finalmente—l'esame di Lingua e letteratura latina, perché quella mattina era seduta davanti all'aula C, teatro dell'interrogatorio.

La stazione è sempre più vicina a noi, mentre comincio a parlarle  del saggio a cui parteciperò, e le dico che sarei molto contento se anche lei e gli altri ragazzi fossero presenti per regalarmi un po' delle loro energie positive, ma il mio sogno di rivederla ad agosto si sgretola magicamente quando mi risponde che proprio quella sera dovrà partire per l'Inghilterra, dove terrà una serie di concerti nei locali con un suo amico chitarrista, da Londra a Liverpool, passando per Manchester. È inutile sognare troppo: una così ha il grande mondo che l'aspetta, e pure l'amico chitarrista *made in UK*; non potrà mai pensare a me.

Siamo arrivati alla fontana che si trova davanti alla stazione centrale. Una volta qui, Germana mi prende le mani mentre ci scambiamo un bacio sulla guancia e sento premere forte nello stomaco la sensazione dell'addio.

In borsa ho il solito taccuino che da anni mi accompagna quando non sono a casa, lo tiro fuori e strappo delicatamente la "lettera" che le avevo scritto tempo fa pensando che non gliela avrei mai data, poi la metto nel suo zaino senza fare le cose di nascosto, anche perché non ne sarei nemmeno capace.

Lei sorride con gli occhi luminosi e i denti appena ingialliti dal fumo, mentre io abbasso lo sguardo sorridendo a bocca stretta per la timidezza che, come il taccuino, sempre mi accompagna, sia dentro che fuori.

Ciao Germana!

Quando prendo posto in treno, mi metto a pensare alla vita che ho vissuto finora. Viaggio attraverso uno stretto corridoio pieno di specchi e di vetrate, vedo le immagini della chitarra e di Sonia, ascolto all'improvviso il suono di quel brano di Flamenco, poi vedo il volto di Germana, che ho appena lasciato, per arrivare infine alla maestra di piano e al saggio a cui parteciperò fra meno di un mese. Lisa mi ha preannunciato che in quell'occasione suonerò due brani, *Il cielo in una stanza* di Gino Paoli e *Perfect day* di Lou Reed.

La notizia mi ha reso felice, così tanto che li sto provando quasi tutti i giorni e la resa mi sembra abbastanza buona. Anche Lisa mi sembra soddisfatta ed entrambi guardiamo a quella serata con gran trepidazione.

Nel frattempo, continuo a preparare gli esami universitari.

Il giorno del saggio è arrivato. Siamo al tredici Agosto e sono le ore ventuno. Fortunatamente il clima non è insopportabilmente caldo e umido, ma addirittura spira un piacevolissimo venticello tipico delle migliori sere d'estate, quelle che profumano di spiagge, con la luna e con i falò che riscaldano il cuore.

La maestra ha eroicamente messo il suo pianoforte a disposizione di tutti gli allievi. È lo stesso che abbiamo utilizzato durante le lezioni e ora lo vedo lì, nel bel mezzo del palco, pronto ancora una volta ad essere coccolato ed importunato da tutti.

I posti a sedere sono numerati e a poco a poco la gente arriva. C'è la stampa locale, ci sono ragazzi e ragazze a caccia di eventi musicali che diano un senso alle loro serate, tanto meglio se sono gratis, ci sono i genitori accorsi sul posto per vedere giustamente i figli mentre cantano e suonano, e ci sono anche i miei assieme a mia sorella, mio cognato e Samuele, un carissimo amico che conosco da tanti anni, sin dai tempi di Sonia e della comitiva hip hop che mi snobbava.

Germana invece manca, almeno fisicamente.

Come decretato da un insindacabile sorteggio, sarò uno degli ultimi ad esibirsi, poco prima di Lisa, che concluderà la serata suonando alcuni brani jazz con Le Gatte Storte, il quartetto tutto al femminile di cui fa parte.

Ore ventidue. Si esibiscono un chitarrista ed un cantante, entrambi molto bravi, che ci deliziano con due belle canzoni di Lucio Battisti, accompagnati dal

sottile respiro del mare, poco distante da qui. Ventidue e quarantacinque, tocca a me. Salgo sul palco in-
trodotto da Lisa che mi presenta come un suo "valido
allievo, oltre che caro amico". Sentirle pronunciare l'e-
spressione "caro amico" mi riempie di gioia. Mi sono
affezionato moltissimo a lei in questi mesi vissuti assieme e anche nei momenti più tristi la stima nei suoi
confronti è sempre stata intatta.

Questa donna così profonda e anche così leggera
riesce ad    essere amica dei suoi allievi, senza però
dimenticare il suo ruolo educativo. L'arrivo di questo
angelo nella mia vita è stato fondamentale.

Quando sono seduto sullo sgabello, sento all'improvviso una mano che si poggia appena sulla mia
spalla destra, soltanto per un attimo. Non è la mano
di Lisa, che nel frattempo ha ripreso posto dietro le
quinte. È una mano di cui non conosco il tocco, ma
che sul momento mi appare delicata e anche decisa,
rovente, è una mano femminile, profumata di cannel-
la, la mano di un altro angelo. La mano di Germana.

Quando mi giro e la vedo non credo ai miei occhi,
ma non ho il tempo per fare domande.

Lei si piega verso di me e mi sussurra qualcosa
all'orecchio mentre, complice la solita timidezza, guar-

do fisso davanti, verso ciò che ho di fronte, con gli occhioni sbarrati, quelli che non fissano. "Ora suona il brano di Gino Paoli. Quello di Lou Reed lo faremo assieme, ti va bene?"

Faccio un cenno di assenso con la testa, ma in questo momento è come se mi fosse crollata addosso una palazzina di tre piani.

# CAPITOLO 10

# UNA SERATA PERFETTA

Come mai sei qui, dolce Germana? Questa è la domanda basica che corre e si rincorre da una parte all'altra della mia testa e che vorrei tanto porre a Lisa, o magari direttamente a te, Germana, se nel frattempo tu non fossi già sparita dietro le quinte.

L'accordo era che avrei eseguito due brani in versione strumentale. Non era previsto che sarei stato accompagnato da una cantante, proprio da lei poi... Ed è così che all'aura sognante dei primi dodici secondi si sostituisce, assieme all'ideale crollo della palazzina, un forte senso di smarrimento fra le macerie.

A tratti mi sembra di aver dimenticato tutte le note grazie al colpo di un mattone sulla testa o ad una secchiata d'acqua in faccia, nonostante le tante prove fatte.

Comincio a preoccuparmi seriamente per questo fuori programma di Germana. Che figuraccia rischio di fare con lei, con Lisa, con il pubblico, con me stesso? Il panico sta salendo, l'ossigeno sta diminuendo, spero che qualcuno mi porti via da qui, all'istante.

Tutto poi cambia nuovamente quando davanti ai miei occhi fa il suo ritorno l'immagine bella di quei cari ragazzi e di quelle care ragazze che, in un momento molto critico, sono riusciti a farmi diventare quel bambino che forse non ero mai stato del tutto, ma ripenso anche a quei bambini che giocavano a calcetto e a quelle bambine carinissime che si dividevano gli indumenti della bambola.

Poggio le mani sul piano e comincio a suonare. Davanti ai miei occhi vedo l'immagine di un pentagramma luminoso in continuo movimento, mentre le dita corrono e saltellano sui tasti, un po' leggere e un po' pensanti.

L'idea dell'esecuzione tecnicamente impeccabile non mi assilla più, sono divertito ed emozionato, e mi sembra che il pubblico stia ascoltando ed accogliendo tutto in religioso silenzio.

Avverto in questi momenti la realizzazione di un particolare senso di Unità profonda, un'atmosfera un po' mistica che il tempo non cancellerà mai, né il crollo di una qualsivoglia palazzina.

Il brano si sta avviando alla conclusione ma ho ancora voglia di suonarlo, così cambio qualcosa rispetto all'originale, allungo la durata delle singole note, rallento il ritmo, poi lo velocizzo. Le mie dita corrono e saltellano morbide e flessibili sull'autostrada musicale, corrono e saltellano luminose come schegge impazzite, corrono e saltellano, si fermano, poi ripartono. Anche il resto del mio corpo si muove. La testa, le mani, le gambe, tutto si muove come se fosse posseduto dalla Kundalini, la mitica dea serpentina, tutto si muove e oscilla da destra a sinistra, da sinistra a destra, tutto si muove in maniera scomposta, forse un po' troppo. È la vita che erompe, penso e quasi quasi mi vien voglia di urlarlo al cielo, euforico ed entusiasta. È LA VITA CHE EROMPE! Un salto all'indietro, poi il vuoto, il buio improvviso. La caduta.

Dall'estasi mistica al capitombolo. Forse mi sono agitato un po' troppo mentre suonavo, e la sedia di plastica sulla quale ero seduto non ha ceduto rovinosamente, ed io con lei.

Dall'estasi mistica al richiamo verso il basso con buona pace dei chakra superiori.

In questo momento sono steso per terra, rosso per la vergogna. "Che mi serva da lezione!", mi dico a voce bassa, circondato da silenzi assordanti, frasi smorzate di preoccupazione e piccole risatine trattenute a stento. Rimessomi in piedi, chiedo scusa al pubblico, poi scoppio a ridere e penso che solo a me e a pochi altri eletti poteva succedere una cosa simile, mentre tutti ridono e applaudono. Percepisco una certa agitazione anche da dietro le quinte, ma non capisco che cosa stiano dicendo.

Quando Lisa chiama sul palco Germana Spagnoletti, lei arriva subito, accolta da un'ovazione. Bellissima come sempre, i suoi capelli ondulati e castani sono raccolti, il suo volto è acqua e sapone, esattamente come lo era tre anni fa. Indossa una canotta a strisce orizzontali e una lunga gonna bianca. Quando la vedo accanto a me, sento addosso i brividi. Quanto sei bella, Germana! Comincio a pensare che forse mi sto innamorando di questa creatura incantevole, o forse la considero una presenza fondamentale nella mia vita, esattamente come Lisa, una persona di cui non potrei mai fare a meno. Magari un giorno chiarirò questo dubbio su di lei, magari lo chiarirò senza nemmeno accorgermene e chissà che proprio l'esecuzione congiunta del meraviglioso brano di Lou Reed non possa illuminarmi, come un'estasi mistica, possibilmente senza il capitombolo finale. Va bene tutto, ma temo che non potrei sopravvivere a due figure di merda così ravvicinate.

Nel frattempo, un misterioso figuro con il pantaloncino inguinale sostituisce la sedia andata in frantumi con uno sgabello di legno. Questa volta non dovrebbero esserci problemi, ma per sicurezza eviterò comunque di muovermi troppo.

Rimetto le mani sul piano e lascio che si diano da fare, mentre avverto la calda presenza di Germana a pochi passi da me. Germana non resta in piedi, preferisce sedersi per terra a gambe incrociate, senza badare troppo alla lunga gonna bianca che indossa e che sembra improvvisamente assumere le fattezze di un lenzuolo, come quello di un fantasmino dei cartoni animati, anche se questa volta gli spettri non c'entrano niente.

Con la sua voce, Germana riesce a trascinare il pubblico che, dopo il silenzio iniziale, comincia a cantare all'unisono strofe e ritornello.

Quando il brano sta per terminare, si siede sullo sgabello accanto a me.

Il pubblico applaude con grande trasporto. La nostra esibizione è piaciuta. Poi sento che lei mi sussurra qualcosa all'orecchio, mentre mi porge un foglietto arrotolato con un nastrino argentato.

"Ora devo andare in aeroporto. Grazie per la serata!"

Un bacio sulla guancia e una carezza sul capello spettinato, poi scompare.

Grazie, Germana!

La mia compagna d'avventura fugge dal palco dopo aver abbracciato la maestra Lisa.

Felice come non lo sono mai stato, mi congedo dal pubblico con un piccolo inchino, riuscendo per un benevolo millimetro a non inciampare sullo sgabello, e assisto al resto del saggio, prendendo posto dietro le quinte con un sacchetto stretto nella mano destra.

Nel sacchetto ci sono i biscottini al cioccolato preparati da mia madre, casomai mi fossi ritrovato stremato al suolo per un calo di zuccheri al termine dell'esibizione.

I biscotti, la musica, l'amore in tutte le sue mille forme. Tre fari che orientano un percorso, tre elementi semplici e complessi di un viaggio, tre punti fermi di una vita.

*Caro Antonio,*

*come avrai ben notato, tante volte non siamo in grado di prevedere il futuro e questo accade perché spesso l'esistenza sa essere molto creativa nel suo me-scolare le carte, le immagini e i percorsi di vita. Il nostro presente, però, abbiamo la possibilità di cucircelo ad-dosso come meglio crediamo, sia pure sulla base delle carte che ci vengono distribuite, o meglio, per restare nell'àmbito della sartoria, sulla base del filo e dei pez-zi di stoffa che abbiamo a nostra disposizione, come quando siamo alle prese con una maglia da realizzare o con una sciarpa da rattoppare.*

È in momenti come questi, sulla base delle possibilità che abbiamo, che quasi tutto dipende da noi, dalla fiducia che nutriamo in noi stessi, dalla nostra volontà di sognare e di restare sempre un po' bambini. *Avrai certamente letto, a questo proposito, "Il piccolo principe", un libro che come pochi altri rie-sce ad avvicinarci all'essenziale profondità della vita, con quella storia incantevole che sa far crescere e, allo stesso tempo, restare fanciulli. Fanciulli dignitosi e* responsabili, pieni di coraggio e vuoti di capricci, forti ma anche sensibili.

Sai, non posso dire di conoscerti benissimo. Il verbo "conoscere", poi, tendo a maneggiarlo con una certa cautela quando si tratta di persone, perché l'umanità è stupenda, qualche volta addirittura divina, ma sa anche essere un po' stronza di tanto in tanto, sino a stupire con effetti speciali e a far sanguinare il prossimo per qualche ora, per qualche giorno, qualche volta addirittura per sempre.

Eppure, noi due abbiamo anche condiviso dei momenti che sono stati straordinari e intensi per entrambi, a volte per la stessa ragione, a volte per ragioni diverse. Pensa alla famosa Sagra degli Spaghetti: quella sera tu eri fra il pubblico ed io ero sul palco, letteralmente terrorizzata dalla mia prima esibizione davanti ad un pubblico così grande. Poi ci siamo ritrovati nell'università e durante quei bei concerti improvvisati davanti alla fontana di piazza Umberto I. Chi avrebbe mai potuto immaginare che oggi ci saremmo trovati sul palco assieme, senza uno straccio di prova, così diversi e così uguali, a poche ore dalla mia partenza? È stata Lisa a chiedermi di intervenire alla manifestazione di questa sera. Lei vuole molto bene ai suoi allievi, a me come a te, ed è anche per questo motivo che ho accettato con grande piacere la sua proposta, anche se mi costerà una bella corsa verso l'aeroporto. Una corsa senza freni e con qualche piccola bestemmia, ma sono sicura che ne sarà valsa la pena.

Quando leggerai questa piccola lettera, io sarò fisicamente lontana, ma ad ottobre tornerò per laurearmi e, se ne avrai ancora voglia, potremo vederci per condividere altri momenti delle nostre vite. Momenti simili a quelli che abbiamo vissuto assieme finora, ma potremmo anche fare cose completamente diverse, come passeggiare davanti al mare, bere una birra biologica in un locale radical-chic o vedere un film al cinema e poi fare due chiacchiere fra l'impegnato e l'esistenziale.

Prima ti ho scritto che non possiamo prevedere il nostro futuro perché tu magari, mentre scrivevi quella dolce lettera così semplice e così sincera, eri convinto che io non l'avrei mai letta, credevi che non avresti mai avuto la possibilità o il coraggio di darmi quel pezzo di carta, e invece, come vedi, l'esistenza ha mescolato le carte e le cose sono andate diversamente. Hai seguito la tua luce interiore e, così facendo, hai reso più belle queste giornate, hai riempito di significati e significanti la tua vita e quella di chi ti sta attorno. Molto presto *riuscirai anche a laurearti, sarà sufficiente far brillare lo studio universitario come certamente sai fare, devi semplicemente cucirtelo addosso, portare anche lì la stessa magia che hai saputo trovare nel far musica. Così facendo, allontanerai da te ogni fatica, ogni paura, ogni Spettro del Flamenco, te lo assicuro!*

*Il mio percorso, come avrai potuto percepire da queste righe, ha avuto e ha tuttora diversi punti di contatto con il tuo. Non ci conosciamo molto, o forse non ci conosciamo affatto, ma i nostri livelli esistenziali si abbracciano l'un l'altro, o almeno questa è la mia impressione, tu che ne pensi? Mi riesce difficile spiegarlo senza cadere nella banalità, forse sono cose troppo intime e per trovare il loro vestito linguistico migliore hanno bisogno di tempo, quello che ci vuole, un tempo interno che non possiamo misurare, ma che esiste e deve essere rispettato, senza pressioni, senza urgenza, senza fretta.*

*Per capirlo mi è bastato guardarti negli occhi, a volte un po' più aperti, altre volte un po' più chiusi per via della troppa luce, lo percepisco anche leggendo e ascoltando le tue parole, quindi fidati di me e, se puoi, cerca di non dimenticarmi.*

*Ad maiora, piccolo amico!*

*Germana*

# The Specter of Flamenco

## ANTONIO APRILE

# ACKNOWLEDGEMENTS

**Without you, this little narrative journey could
never have had the same colors, or perhaps
it never would have seen the light.
Thank you so much!**


I thank God, whose presence I feel in the landscapes, thoughts and faces that I meet on my path;

I thank Leonardo Campanile, Tiziano Thomas Dossena and Idea Graphics for giving me the opportunity to publish this book;

I thank Dominic A. Campanile for the magnificent book cover;

I thank Sergio Cuscito for the patience and attention he has been able to dedicate to me every time we have spoken. The idea of writing this story came from chats with him;

I thank Francesca Palumbo, my unforgettable English teacher in high school, for writing the preface;

I thank my beautiful family for all the affection they have been able to give me;

I thank the friends who every day know how to embellish my life with their closeness;

I thank my wonderful yoga teachers, because I owe a good part of my worldview to them;

I thank Tommy Dibari, my creative writing teacher, and all the wonderful authors I have been lucky enough to read.

I thank you all for your presence, your phrases, and your gestures.

Let's keep in touch!

# ANTONIO APRILE

Graduated in Modern Philology at the "Aldo Moro" University of Bari, he taught Italian language within a SPRAR project. He currently works as an after-school tutor in a study center in Bari. He carries out writing projects both creative and non-fiction, and organizes public meetings aimed at humanistic dissemination. A great lover of yoga, books and stories, in recent years his research has focused above all on cultural connections between East and West. Very active in associations, he has written two musical fairy tales with the maestro Andrea Gargiulo as part of the *Musica in Gioco* project, and has contributed to the organization of initiatives such as the program *Little Meetings at the Bookstore* at the Campus bookshop in Bari and the intercultural festival *Kantun Winka*. In October 2018, he kicked off a tour entitled The *Revolution of Happiness. The wonderful journey of Tiziano Terzani*, which has met great success with the public at bookstores, yoga centers and associations in Puglia.

"The specter of flamenco" is his first published fiction.

# INTRODUCTION

**Tiziano Thomas Dossena**
*Editorial Director*

Publishing exclusively a novelette, even if with translation, may seem an unusual practice for an unknown or little known author, but the story you will read deserves this honor for various reasons that readers will discover themselves by reading, and that I feel proud, as an editor and publisher, to specify.

The first advantage of this very wonderful story is the stylistic and structural approach with which the author manages to create a friendly and I would even say confidential relationship with the reader. After just a few lines, it feels like having opened a diary in which there are no secrets or impostures created to make us love the subject of the story; there are, instead, candid but well thought out revelations of someone who knows his own personality limitations but also knows how to restrain them or at least not let them destroy him psychologically. In other words, we discover from the beginning an affinity for this young man who tries to become an integral and active part of the community around him, and in particular of the young people by whom he often feels derided or put aside. A spontaneous affinity because with his youthful cogitations he reminds us of our youth, with all the physical and emotional obstacles that we had to overcome or at least avoid in order to reach maturity, and at the same time feeling to be a vital component of society.

The internal battles of the young man do not always lead to victory, on the contrary; however they teach him the characteristics of his temperament. Even when things do not go his way, the protagonist manages to gain an awareness of what he can face or must avoid in order not to fall back in unhappy or uncomfortable situations. It is the story of reaching maturity and at the same time of finding happiness, spontaneity, who knows, maybe even love. But this is not what manages to fascinate the reader as much as the process itself of developing these emotions, which the author is able to replicate in a salient way as if he were a longtime writer.

In addition to this—another advantage of this story—Antonio Aprile has inserted the musical subject as a guiding thread and has done so in an exemplary way, as only those who are very familiar with the pen and the score can do. The songs then become points of reference for the protagonist's spiritual progress and allow us to fully understand his doubts, his uncertainties, even his temporary failures. We then embrace with him the strange intellectual and sentimental evolution that music allows him to achieve.

A story therefore that completely absorbs us and makes us live with the protagonist all the phases of his youth through musical references.

We also cannot ignore the attention to detail that helps us identify and understand, as well as feeling complicit to the protagonist. His observations sometimes seem random, but they are not; they are well studied and show a sensitive soul and open to life even when irony and self-criticism are used to justify a temporary failure in the course of its attempts at social integration.

A story, therefore, which deserves publication and we at Idea Press are more than proud to do just that.

# PREFACE

**Francesca Palumbo**

This delightful story, through the writer's thoughts and confessions, allows us to open our gaze to the sentimental microcosm of a young man, who as he grows up is confronted with the thousand experiences of his existence, between adversities, small discomforts, and loves, and finally re-emerges, after a strenuous work of self-research and a continuous dialogic exchange between what he is and what he aspires to be. The whole story is crossed by a punctual soundtrack of pieces dear to the author. Each piece is representative of a different season of his life and accompanies the protagonist on his path towards maturity, until he comes out of the 'sky in a room' to let him finally appear freer and more resolved, on the rise of a new 'perfect day' to be reinvented, in the light of a new acquired confidence. A security that has made its way thanks to recognition, to that restored gaze that allows those who had not felt seen until then to finally feel recognized.

With a linear and sincere writing, Antonio Aprile accompanies us in his internal and external spaces. We tiptoe into his boy's room, follow him in his music lessons, cross the Mola station, the streets of Bari and the University, take part in a jam session organized around the fountain in Piazza Umberto, we fall in love of his shyness and the 'foolishness' he tells us about with intelligent self-irony. But thanks to this well-written story we are able to go even further; we learn to understand his and our frailties, fears, anxieties. This is why his writing is immediately dear to us, because each of us can recognize himself in his own motions of insecurity, as well as in his own attempts at resilience and reactivity to a world that is sometimes hostile. And if the word MON-DO (world in Italian), so divided—in Japanese—means Question and Answer, here in this story Antonio knows how to offer us both the eternal questions of those who, growing up, are confronted with existence, and the answers of those who know how to recognize the true and only answer to everything in the word Love.

Reading **THE SPECTER OF FLAMENCO**, in a continuous and persuasive change of rhythm, the reader will find himself passing from the pressing sound of a flamenco played on the guitar in an exaggeratedly virtuous and therefore inappropriate way, to the persuasive melody of a piano capable of restoring balance, even more when assisted by the amiable voice of a sensitive and attentive young woman.

"You only grow if you dream" wrote Danilo Dolci.

Antonio Aprile's story reminds us of this, with his music made of words.

# CHAPTER 1

# THE BEGINNING OF A DREAM

It is a long time that I have a passion for music. Pretty much since, at the tender and complex age of thirteen, I was a chubby kid, a little clumsy, and I made people laugh because of my huge black-framed glasses and my messy, high-brushed hair.

In the same period I discovered the soundtrack of *Titanic*, the unforgettable movie with Kate Winslet and Leonardo DiCaprio, a film that also arrived in Italian cinemas.

I remember when I listened to it, very often alone, lying on the bed in the twilight of my small bedroom, or sitting on the sidelines on the terraces of other people, during the birthday parties of my classmates, while the other guests danced the first slow dances of their lives, partially covered by the moon and stars, with the most cheeky boys who felt like adults touching the sketched bottoms of the romantic girls who danced with them on that occasion.

What a disappointment those parties were!

All the times that I was invited, and I was not always invited, I wore a new shirt, usually yellow or blue, just bought for the occasion, with hair well cut by Gino, the reliable barber, and with black and white gym shoes that my mother pulled out of the shoe rack only for the parties.

When I got to the celebrated boy's or the celebrated girl's house, I felt confident.

I came to their houses full of expectations, thinking that someone would praise me on how cool I was, so dressed and so combed, but after some chats with some classmates I considered even more losers than me, and after some embarrassing incidents, like a involuntary elbow to the mother who was carrying a tray full of canapés, I began to sweat abundantly on my forehead, on my back, and on my chest.

Because of the sweat, spots formed on my shirt and they looked like maps, so I decided to isolate myself from everyone to avoid that the geographical representations drawn on my shirt became the main topic of conversation of the evening.

At a certain point, my only consolations were the delicate company of tuna sandwiches to eat, romantic music to listen to and some soft drinks poured in plastic glasses.

Rigorously aside, rigorously alone, rigorously humiliated.

I loved *Titanic* so much!

I remember that the song *My heart will go on*, beautifully sung by Celine Dion, could move me and make me dream as much as some matches of Milan, my favorite soccer team, or those wonderful chocolate biscuits that my mother made every Sunday morning, before she replaced them with the big doughnuts, always good and always soft, like a cloud.

Even though I always carried *Titanic* in my heart, in my high school years I would then begin to expand my musical knowledge.

I listened to almost all types of music, but my great love was for the Beatles, at the same time when they were discovered by many people who, like me, were not yet born in the Sixties.

In those years, the songs of the famous Liverpool band returned to be the soundtrack of many worldly events, thanks to a collection of their greatest hits, from *Love me do* to *The long and winding road*, which was climbing the world charts.

I remember that on autumn afternoons I saw certain short documentaries where they played and sang live with their enthusiasm, their simple musical instruments and their thick hair, in front of many young people of the Sixties who shouted and danced.

As I saw those documentaries, I was wrapped in a comfortable woolen blanket that looked the same as the one Linus Van Pelt used and, immersed in the usual half-light of my bedroom, I realized that my greatest desire was to learn to play a musical instrument.

I wanted to be a musician, inspired by the Beatles, because I hoped that if I learned to play a musical instrument, some girl would be interested in me.

I remember that many of them were really nice and I especially appreciated Sonia who, on the contrary, did not even look at me because she always thought of Tommaso.

Tommaso was a thirty-year-old boy, he was muscular with black and very short hair, blue eyes sharp as blades of ice, a gold ring at the nose, the leather jacket with chain included and, finally, the bulky black motorcycle-rocket, the "aerospace" motorcycle that preceded him with his thunder every time he came in front of the entrance of the high school to meet the beautiful Sonia.

The expert Tommaso told Sonia that she was treated like a privileged person, like a queen or a princess, for the honor he gave her by taking her with him almost every Saturday night, when they went out with his friends to go for a walk or to go dancing at the discotheque.

She told about it to her romantic friends who considered Tommaso the prototype of the perfect boy. He was handsome, he was mature, he was very experienced, and he had a huge motorcycle. Tommaso was perfect!

She said it at school, during the break, behaving like a very important person, while I, on the sidelines as usual, pretended not to listen to her and to limit my interest as a little boy not mature enough—in their opinion—to the three chocolate biscuits I used to take with me to school.

The idea was to become a musician and attract

the interest of classmates, make a girl fall in love with me, maybe Sonia after her next argument with that unpleasant Tommaso.

With this spirit and these thoughts, I started to follow a guitar and solfeggio class in a music school that a group of young teachers had recently opened in Mola di Bari, the town where I still live, after buying a beautiful dark blue classical guitar from a small musical instruments shop that was, and still is, behind my house, in the suburb of the town.

My guitar teacher was a man of imposing physique, but he had, by contrast, a very feeble, almost feminine voice.

We met every Tuesday afternoon in the largest classroom of a primary school located in the center of the town.

The classroom was the same one that in the morning hours housed the 3rd D class, according to the written indication on the dusty black plate with large white inscriptions located just next to the front door, on the right.

During my guitar lessons, I was really excited because I thought about everything I would learn but, after I came home, I almost never perform the practical exercises that the teacher assigned me. When I tried to do them on my own, the results were really bad. I surrendered in fact within a few minutes and I constantly felt the need to have someone with me, always there, ready to reassure me about what I was doing, ready to give me directions as "Yes, Antonio. This finger movement is correct. This, on the other hand, is absolutely wrong. Do not do it anymore!," or "Put your middle finger on this string!" or "Watch your posture!" and so on.

I remember that after a few minutes I put away the guitar, a little sad and a little angry, I took the headphones and I consoled myself listening to a lot of music to cure the headache and find the peace I wanted.

It was the beginning of a dream.

# CHAPTER 2

# AT THE SCHOOL OF MUSIC

Along with the guitar lessons, which were individual ones, I followed the solfeggio lessons, which were group lessons and were held every Friday afternoon, always in the classroom of the $3^{rd}$ D class. Ah, the solfeggio!

I started very early to hate it because I had the impression of listening and doing exercises completely useless—I was wrong, but at that moment I thought it—and above all it did not help me to appreciate more the course the unbearable atmosphere that there was during those damn lessons. There, everyone else laughed at me, including the teacher, a young elegant lady with huge glasses with white frames and long, curly, platinum-blond hair down to her shoulders, a lady who always tried to show her

ANTONIO APRILE

perfect diction, forged in who knows what important academy, except when she was unintentionally
distracted and then stumbled on her local cadence.
I'd probably recognize her today, after all these years,
but I am glad I never met her again.

I remember very well, as if it was yesterday, that
when I wrote to take notes on the things that she
explained, I was very close to the notebook resting
on my desk because I had, and still have, a problem
to the eyesight made evident also by my eyes often
half-closed, because of the excessive light, and by
my flickering pupils. And then when I could not read
what the teacher had written on the blackboard,
and I was stuttering to ask her if I could stand up and
get close to copying, everybody started laughing or
making wisecracks.

Laughter, phrases and single words barely whispered, but lethal to the heart of whom had suffered
them as small knife blows.

For my part, I pretended stoically not to notice,
but I was actually dying inside.

I burned with anger and pain in my chest and
head, both weighed down and in breathlessness,

while I hoped in vain that the minutes would pass quickly. I hoped that those two hours of psychological torture would end as soon as possible. I hoped to see again my mother's loving and reassuring gaze as soon as possible. It is the look of someone who seems to already know everything about you, without the necessity to begin to cry or say something. I never told her anything about what happened to me because I was always ashamed of it, at the beginning so much, then less and less. So at the end of the lesson I carefully avoided to stop and talk with the classmates who stopped to chat and to laugh in a loud manner in front of the entrance of the classroom. They could not be my friends!

I did not want to spend one more minute with those damned kids and I was even afraid to bump into them on the street when I went to school or when I went to the supermarket with my mother. They teased me enough already during the solfeggio lessons, with the implicit complicity of the teacher who did not reproach them, and sometimes they teased me even after the class, while I fled embittered and nervous, with the sweaty forehead and with the backpack on my shoulders, when one of them told me "hello, beautiful boy!" and everyone else burst into laughter with the usual teacher who tightened her lips to avoid to do the same.

The only time that she told them "don't bother him!," the tone of her voice was not authoritarian enough.

I did not want them to be in any way a further part of my thoughts and my daily life, but in the meantime, their laughter, their screams and their stupid whispered wisecracks had become the sound-track of my sleepless nights, between the boiling tears, the cold sweat and the continuous move-ments from one side of the bed to the other.

However, the "death-blow" was uninten-tionally given me by Sandro, the imposing guitar teach- er with the feeble voice and the icy look. He wanted to show me how to play a Flamenco song that, in his opinion, would be very easy to play even for a beginner.

I watched with my eyes wide open, something unusual for me, the rapid movement of his fingers on the strings of my dark blue guitar and at that moment I realized that I would never be able to do the same thing.

I saw his pointed chin turned downward, in the direction of my guitar that swung sinuously on his legs, I saw the dust of the chalks scattered on the floor, I saw the physical and metaphysical totality that slowly faded with the beautiful Flamenco song as background music, more and more rapid, more and more trenchant, more and more sharp.

It ended so, during those few minutes depressing and humiliating, my short experience of life with the guitar, followed by the most hated solfeggio.

Very simply, suddenly, I decided to give up, without warning to the music school and without too much justification to my parents who had generously given me the guitar and paid for my fee. In the next years, when I casually listened to songs that even vaguely reminded me of the song played by Sandro, I felt a strong pang in my heart.

Thundering voices in freedom began to fill my mind to tell me the extraordinary incapacity that I had shown on that occasion, accompanied by the images of the muddy and putrescent fragments of a beautiful dream that had ended forever, while I imagined the enchanting face of Sonia, with her beautiful diamond that shone on her forehead, looking at me with a gaze of contempt.

I had naively thought of learning to play guitar easily, without difficulty. "Learning to play a musical instrument? It is easy!" I had simply answered this way to the correct objections of my parents, when I asked them to enroll me in that horrible school of music.

Sometimes, in the desperate attempt to console myself, I told myself that at least, after an experience like that, I could tell Sonia and the other classmates that in the past I played the guitar or that at home, in my bedroom, I had a beautiful dark blue guitar. "If I tell these things, Sonia and the other classmates will still consider me an interesting person," I thought, but the evanescent glimmer of serenity that I reached lasted only a few minutes and the ruinous sense of frustration returned once again to take the upper hand.

Meanwhile, I was becoming a great music enthusiast.

Without a guitar, without solfeggio, without those damned shitty lessons.

# CHAPTER 3

---

# THE HIP HOP ORACLE

---

At that time I discovered the existence of numerous music magazines, so I gradually became a real specialist on the subject. I used to listen to CDs and read interviews with music artists. I read carefully some interesting musical reviews that sometimes I did not like and I was interested in the exciting correspondence between angry readers and the unfortunate music critic who had given a bad score to their new favorite artist's album.

My bedroom was increasingly decorated with colorful posters, sold as an attachment to music magazines. There was a Green Day poster, there was an Eminem poster, there were lots of posters... so within a few months I had officially become the music expert of the class, the specialist, the oracle to consult at the time of need. All my classmates, in fact, had started to ask me questions about music and above all they wanted to know who sang this or that song. I still remember fondly some wonderful chats about David Bowie and Pink Floyd with Francesca, my English teacher, and I remember that time that Giuliana, the French teacher, made us listen to the song *Je ne t'aime plus* by Manu Chao, which I still love.

Even Sonia sometimes spoke to me, but this sudden interest made me neither happy nor hopeful, because in the meantime she had intensified her romantic relationship with Tommaso and, according to the gossip I heard in the classroom, also her sexual intercourses with him. But above all, her new attitude with me did not excite me because she spoke to me only when she wanted to borrow some CDs that probably she wanted to listen to just with him.

"Ridiculous romantics!," I thought it while I nodded and smiled, despite her fucking demands. Every time she came to me, my face turned red.

The repressed frustrations and the desire for revenge had thus caused changes in my life; changes in the hairstyle, changes in clothing, and changes in attitude.

I remember that at a certain point I started wearing big pendants with symbols that I often did not know the meaning of, baggy trousers and long sweatshirts that, despite my paunch, looked like bed-rolls, while my sempiternal hairstyle with the fringe gave way to just three centimeters of hair, often covered by a dark blue cap. It was dark blue like my guitar.

I was becoming one of those boys who are, in slang, called *B Boys*.

I listened to Eminem, Messaggeri della Dopa, Articolo 31, Public Enemy and Run DMC, but in reality I was much more simply pissed off with the world. I was pissed off and frustrated because I felt like an unwanted alien, an abortion of nature, and because Sonia had decided to be the girlfriend of Tommaso who, unlike me, was thirty and had the appeal of the expert person.

Being the girlfriend of a much older person was almost a fixed rule at the time.

Tommaso could be a big bastard without limits but Sonia did not care. He was older than her, he was more experienced than her, he was handsome and he had the rocket-motorbike, so he could say and do whatever he wanted.

I remember that sometimes I thought "I'm sure that, when I will be thirty, many thirty-year-old women will prefer to get engaged to fifteen-year-old boys. What an unfair life!"

Every Saturday afternoon I took the train to Bari and, when I arrived in the city, I took long walks a-lone, surrounded with smells of focaccia, milk-shakes and various fries.

I used to hang around in big and small music stores to browse among new releases and rarities.

I had started to listen to mostly rap music, but in general I had no limits, in fact I continued to also appreciate The Beatles, David Bowie and Green Day, while I preferred to keep away from Hispanic music.

I passed by piazza Aldo Moro, where there was a group of boys and girls who had formed a *crew*, a team of rappers, hip hop dancers and graffiti art-ists. I stared at them with a great inner admiration, but I pretended to be there by chance, or I stopped in their immediate vicinity, pretending to read some old faded posters, always the same for who knows how long.

I hoped that sooner or later they would stop me. I hoped that they would tell me something. I hoped that they would take an interest in me because we were united by clothing and because evidently we listened to the same music, but they hardly noticed my existence, and once I got the impression that one of them (a girl) was laughing at me, just like the boys in the solfeggio class. She had turned in my direction while I pretended to be interested in a poster advertising a course to become wine tasters, a course that evidently had finished for a long time.

Within eight months, my sociological passion for the hip hop world has gradually faded, and I gradually started again to wear my usual plain sweaters that I had abandoned in the dust of my closet.

I lived the following years in a completely linear way.

I continued to listen to a lot of music, I intensified my love for reading—especially appreciating Hermann Hesse—and I even joined a group of friends. Everything went on more or less quietly until the desire to fiddle with a musical instrument had again returned to occupy my days and my thoughts.

Here we are now in the present time.

We are in a cool summer evening of 2007 and I am in a small town inhabited by about ten thousand people, where every year, on August 1st, the Festival of Spaghetti is celebrated.

I have never been here before tonight, but a friend told me that there is a lot of fun between dancing, good food and live music, so he convinced me to come.

On the seafront of the town there is a small stage, where every year local artists perform.

It seems that here the money is never enough to invite national artists to sing, even if every year there is a constant rumor about the arrival of someone who will then not come.

This time, for example, in the months preceding the festival, there was the rumor that Edoardo Bennato would come, but then this news was denied by the posters and during the press conferences of presentation of the Festival.

# CHAPTER 4

---

# GERMANA'S GAZE

---

After the performance of a hip hop duo who reminded me of my *B boy* experience, I see on stage the next artist who has to sing. She is a girl about the same age as me. Her name is Germana Spagnoletti.

Germana comes to the stage with a slow pace and presents herself with few words, visibly shy, before sitting quietly behind a black digital piano. With three sweet ballads written by her, this beautiful creature keeps alive the attention of the audience who, before applauding, rests on the ground the dishes full of spaghetti with oil and tomatoes bought from the stands scattered on the seafront.

She is a very original songwriter, but I get too distracted and, involuntarily, I put a white and black shoe in the spaghetti of a poor unfortunate man who is behind me. The title of one of her songs suggests to me that she also loves Hermann Hesse, just like me.

I listen to her music with great enthusiasm and in the meantime I realize that I want to learn to play the piano, convincing myself that this time I will not abandon the initial project.

This time I will not be overwhelmed by fear as it happened with the guitar and with that disgusting class a few years ago.

This time I feel that I have grown up and I feel that my life has changed, but above all I feel that I have changed.

I feel that the piano will be the right musical instrument for me, much more than the guitar.

When I get home, I am still excited about the concert and I start thinking while I try to sleep.

I think of the love at first sight that I felt for the piano, but above all I think of the person who, unknowingly, made me understand the magic of this musical instrument and its sound. This person is a very plain girl, with her face without makeup, much less sophisticated than Sonia, with a look apparently lost in the void, but in reality completely immersed in the world that she loves to dream, play and sing with her enchanting voice.

At the end of the concert, Germana moved us by singing an intimist version of *Wuthering heights* by Kate Bush.

Reading the date written on the last page of my diary, I realize that two years have passed since that wonderful evening.

In these two years I enrolled at the university, where I study modern literature, and the desire to learn to play the piano has never stopped to keep me company.

As for Germana Spagnoletti, I discovered that we are colleagues of course, but she is a little older than me, so she is almost graduating, while I am still immersed in a pleasant high water between lessons to be followed and exams to be taken.

In these past two years, I managed to save the money to buy a digital piano, so a beautiful Saturday morning, miraculously managing not to be beaten by my mother, nicely pissed off about the huge space— so she said—that the musical instrument would occupy in the house, I managed to transport it to my bedroom and connect the wires.

After two weeks, I followed the first piano lesson, led by a musician well known in Mola and surroundings for his eccentric ideas on musical education.

Boys and girls of my age love her, while some purists dispute her somewhat heterodox methods. Her name is Lisa and, despite being from Turin, she has lived for several years in Mola, after having obtained by mistake—as she claims—an appointment at the Conservatory of Bari.

Lisa is rather short, her hair is brown and she has two big black and reassuring eyes.

Every Thursday I go to her house and I feel full of enthusiasm. Her lessons are fun and relaxing, and I even find the homework enjoyable. Especially, I really appreciate the exercises for the fingers and the harmonic turns that she makes me repeat aloud while I play them.

Everything proceeds with great slowness and simplicity, or at least this has so far been my perception, and the small worries that from time to time have come to visit me have gone away gradually, without even bothering me too much with their noise.

In these moments I feel that the Flamenco Specter is moving away from my life. I perceive it as it hovers discreetly and silently around that classic guitar of dark blue color that once was cuddled by the hands of Sandro and now is adapted to welcome and generously collect all the dust of my bedroom, while it stands isolated in the sad corner that has long been reserved for it.

Lisa, meanwhile, begins to ask me to try to play some of Bartok's scores and even these do not bother me much. After all, I have to use both hands at the same time to make the same sound. The movement I have to make with the index finger of my right hand is in perfect synchrony with the movement I have to make with the index finger of my left hand, so there is nothing to worry about. I feel inside myself that the small resistances will be gradually annihilated and with this light spirit I will continue the piano course for several weeks.

The Flamenco Specter has long remained there, invisible and silent, around my classical guitar that —I swore it—I will never touch again. But one fine Thursday afternoon I look at it and notice that it has been moved, and above all I notice that it has been polished. It happened that my mother, together with my sister, did the general cleaning and this perfectly explains the disturbing mystery, including the university books among those that I used in high school and that I could not sell.

I must learn once and for all not to be lazy and clean my bedroom by myself!

Here I am at Lisa's house for our new class.

After welcoming me as warmly as ever, she sets up my jacket on the couch and then starts talking to me about a sort of third phase to start in our beautiful piano course: "Dearest Antonio, today we will take another small step forward. In these months you have made a lot of progress, I listened to it very well with my ears and I am happy, but sooner or later you will have to acquire the ability to play a whole song alone. Maybe one day you might want to play live during a music festival, there are a lot of festivals around here, or you will want to play a romantic serenade to that girl you liked when you went to school, the one you once told me about. What's her name? Samantha? Stefania? Serena? I don't remember..."

She was Sonia, dear teacher, but it does not matter.

Right now my legs are starting to shake. I am so dizzy!

I want to go away or to scream, to invent any story to escape instantly, to go home and take refuge in the quiet family life for the whole evening, and maybe even beyond, maybe forever.

The phase of my mystical delirium is about to begin.

Germana, please come here and save me, take my place for an hour and play the piano for me. You can bring your piano, if you want. The important thing is that you come and rescue me from this torture.

# CHAPTER 5

# A NEW MUSIC SCORE

I am well aware of Lisa's intentions. She already mentioned them a week ago, but using a generic future time that at that time seemed very far away. To further support my certainty there is the score resting in plain sight on the piano.

This afternoon we will start playing one of the recognized masterpieces of Italian music, *Il cielo in una stanza* by Gino Paoli, beautiful text comparable to those of the greatest poets of all time and a melody able to excite even the mannequins.

But playing such a beautiful and important song scares me, and so, because if on the one hand it is true that this time I will have to play using both hands, on the other hand it is also true that this time I will not have to use my hands in synchrony, like I did with those Bartok scores.

This time I have to use my left hand to play the C turn and my right hand to play the melody. It is an authentic maze for a beginner like me.

After so many years, the Flamenco Specter left the guitar alone in its corner to come to me again. That hideous beast of insecurity, generating anxiety and bad thoughts, that beast that eats the freedom of soul and body, has suddenly decided to return with all its vehemence, and I meditate to flee, immediately! Run away from Lisa's cozy home, go hide, maybe in the closet of my bedroom as the character of Super Vicky or in one of those big extra-large sweatshirts that I wore in remote times.

The teacher tries to reassure me after noticing the sudden nervousness of her dear student.

My face is becoming livid and my sweating looks like a waterfall, although the summer heat is still far away.

With great patience, Lisa tries to make me play and hum very slowly the first part of the song, but it is all useless. Right now, all I have in my head is confusion.

At the end of the lesson, we exchanged a warm hug that gave me the disturbing feeling of farewell.

As I walk home, my eyes begin to fill with tears.

I instinctively want to run, run forever from that world of music that caused me so much damage, but my pace remains slow. I do not run, I do not escape, and I do not stop crying. I slow my pace further; I lengthen my path, with the boiling tears sliding straight like raindrops towards the asphalt and the ground I am treading. That evil and unpleasant Specter has newly taken hold of me, once again, after so long.

As I pass by the park, near the train station, I see the children playing soccer with a very light balloon. They make the balloon fly easily, upwards and downwards, left and right, and make it increasingly white. The balloon flies up and down, flies left and right, and it gets whiter and whiter. Each of them strives with great force to show his incredible skill to three sweet girls who seem little older than them.

All three girls look happy as they share the clothes of a doll lying naked on the bench, with eyes wide open and facing upwards, and I am reminded of an image of me undressing one of my sister's dolls when I was 11; maybe this was my very first approach to sexuality.

*I wish I was their age!* It is what I think as I look at them, so beautiful, so serene and so far from all those mental scaffolding that obscure the view of us older people, our way of life, our way of acting, our way of relating to other people, things and passions.

I am in no hurry to rehearse the song.


When I get home, my eyes are swollen and red, but nobody notices them.

My parents do not notice them, and neither does my sister, even though she is usually very attentive about everything. All three are laughing because of a video that they are watching on the Internet.

I go to my bedroom and I put a huge white sheet on that digital piano that I laboriously bought and carried. I think that probably within a few months it will become a cursed, unused and dusty heirloom, just like the guitar, motionless, in memory of my new failure.

Five days have passed and, under one pretext or another, I have never gone near that piano again. The white sheet that now covers this relic gives it a suddenly ghostly aura—yes, like the guitar—to what for a time was the coffer of my dreams, the medium that would give me a chance to interact more with myself and with the outside world. And since the facts of life are often interlinked, university studies are also dangerously slowing down.

My mind is tired, depressed and confused.

At the university I am not very attentive to the latest lessons in Latin language and literature, although the great day of the written exam is slowly approaching.

Today is Thursday and I have not touched the piano in seven days. The hours pass relentlessly until the late afternoon, when I decide to send a message to Lisa.

I am writing to her that, if it is not a problem, we should meet directly next week, because today I have to do some unspecified errands. In fact, I would really like to call her and tell her directly that maybe it would be better to suspend our lessons for a couple of months because I am behind with the preparation of two or three exams and because the study of the scores is taking away too much time, but I do not do that.

Maybe it is a lack of courage, or maybe it is because I do not really want to give it up. Maybe I know very well that if I leave the course now, I risk quitting it forever, as I did a few years ago with those guitar and solfeggio classes.

It is Friday. Today I decided to stay at the university library until evening to study a little more with the hope of recovering a good dose of the concentration that has been lost lately.

At 7 P.M. the central library "Antonio Corsano" is semi-empty. Behind me there is a girl who fiddles with a smartphone and in the meantime "studies" a manual of Romance Philology. I take a look at the texts that the professor read us during the last lessons, with the extraordinary love poems of Catullus and Propertius followed by Petronius' *Satyricon* while, outside, the sun starts to hide. Suddenly, I notice with great pleasure that I managed to recover a good part of what I have not studied in the week and gradually I see the first sparks coming out between the ashes that have accumulated.

A cigarette butt was thrown on the floor in the middle of the library. Why do some people behave like that?

# CHAPTER 6

# THE JUGGLERS' ORCHESTRA

I feel that slowly something is changing.

The anguish and pessimism of heart and reason are slowly giving way to a moderate serenity, to a minimum of breath.

My thoughts go back to Lisa, to piano lessons, to Gino Paoli's song. I begin to think that perhaps, by subdividing the song into tiny sound fragments on which to practice daily, in the end I could get some good results, maybe.

After all, I did more or less the same thing as a child, when I had to memorize the poems, with the patient help of my mother who checked if I recited them correctly in her meticulous tailoring work.

It is from small pieces of cloth that we must start to achieve unity. My mother used to say that to me when I was desperate, seeing how long the poem was.

Head down, I go down the stairs leading out of the university and reach Piazza Umberto I, in the heart of Bari, where there is something that immediately attracts my attention. Near the illuminated fountain that generously dispenses water to the delight of fluttering pigeons and goldfish, I observe amazed a large group of boys and girls who seem to be more or less my age.

Along with them there are acoustic guitars, tambourines and other musical instruments, of which I recognize only a small part. They are still too far from me.  As I get closer to them, I realize that a girl has with her a beautiful silver clarinet, but there are also small keyboards that I have not seen since the middle school years and even a plastic flute, another ancient memory of those years.

They all sing, play, clap their hands to contribute to the construction of the rhythm, each in their own way, creating an accompaniment that gradually becomes more and more robust.

Personally I have always been very shy, in an exaggerated way, I was shy even when I went to school, when I was awkwardly trying to get noticed by the crew members, and this time also the shyness intervenes, blocking me here to observe them at close range without participating, something instead that a bold lady in the skirt accompanied by her daughter has just begun to do. But when I seem to recognize a rather muddled beginning of *Rock the Casbah* by Clash, my unbearable insecurity leaves me for a moment, so with a courage that perhaps in so many years I never had, I head towards them taking three or four long, quick steps, with a look that seems to be staring into the void.

I close my eyes for an indefinite fraction of time, then I open them and here I am next to them. Some of them are sitting on a stone bench, others are standing while clapping their hands using them as musical instruments; many are sitting on the ground. When I find in the middle of this small crowd, I stand and am motionless like a statue of sand; I do not know what to do.

There you are again, intrusive shyness!

Do I sit on the ground or do I stand still for a few more minutes before I escape with the utmost discretion, hoping not to be noticed?

As I struggle with myself because of this Hamletic doubt, I just smile and watch them have fun, like the train station kids did, but suddenly a guy with dreadlocks that I had not even seen despite his robust physique, makes me a clear gesture with his right hand: I have to sit with them.

A little embarrassed, I accept his invitation smiling, and when I am sitting on the asphalt wet with water that keeps gushing out of the fountain, he offers me a slice of his tangerine and in a moment I feel magically part of this big little juggling orchestra. We go on with *Rock the Casbah* for another ten minutes, modifying it with new verses, new sounds and new rhythms, more or less like my father used to do when he told me the story of Cinderella by changing the ending, or how Lisa does with the songs she makes me listen to from time to time during her wacky lessons.

Of these lessons I slowly start again to have a pleasant idea, while I have the impression that the University of Bari and the fountain, both illuminated by water and light, are suddenly smiling at me.

We are having fun with music and I feel free and carefree as if I was ten years old, like a child playing with other children and managing to live, considering the world as what it should be: a huge playground, where the desire to feel good prevails.

While I divide myself between thoughts and presence, the group gets bigger and bigger and together with the musical instruments, also make their appearance magnificent books, those that periodically return to fashion and then are forgotten, at least for a while, excellent wine, focaccia and fragrant, dark chocolate.

The memory of my heart can never erase the faces, sounds and colors of this evening. Three hours of music, happiness and improvisation between songs and readings.

Being with them, I feel like a bright piece of a totality, of a beautiful mosaic, a large and colorful mosaic.

When for the grand finale, we begin to play the beginning of *It's my life* by Bon Jovi, I suddenly notice the presence of an angelic little face that I have the impression of having seen some time ago.

It is the angelic little face of a very lively girl who, sitting on the stone bench, holds on her knees a small battery keyboard. She sings and plays her toy keyboard, moving with great naturalness, like a little girl at a punk concert. I begin to look at her carefully, as if I was a detective, and a few fragments of life are enough to recognize her.

Ladies and gentlemen, Germana Spagnoletti is here with us!

Germana studies Modern Literature like me, so it is not so strange that she is here exactly like me, but I never imagined meeting her tonight.

When I have to take the train, I greet everyone with joy and thank them for the time we have been together. Everyone says hello and the guy with the dreadlocks invites me to come back soon. It seems that they often meet around here, especially on Fridays.

I did not say anything to Germana, although I would have liked it. It is my usual shyness, but on the other hand what could I have said to her?

# CHAPTER 7

## TOUCH THE SKY WITH MUSIC

Now I am on the train and instinctively I take the nice paper notebook that I always carry with me. My eyes are ajar, my head is facing down, I take two seats and I place my legs dangling on the outer armrest until I have to reposition myself to let the ticket inspector through.

Dear Germana,

you will probably never read this letter, quite simply because I believe that I will never be able to give it to you or send it to you, and it is just as likely that you have not even seen me tonight, as in the summer of 2007, when you sang in front of your fellow citizens for the Festival of Spaghetti.

On that occasion I was in the audience with a friend and, thanks to you, that night I decided that I would learn to play the piano. Now, three years later, I was abandoning everything because the fear of failure had immobilized me. I had realized that the exercises to do became more and more complex, so I began to feel incapable and inadequate, as it already had happened in the past.

I had started to feel like a good-for-nothing who would never achieve a goal in his life, so much so that I was going to communicate to my teacher my will to stop with the lessons, but tonight I decided that things will be different, thanks to all of you.

When I saw you playing, singing, reading thoughts and poems, I realized something that maybe I had never realized before: music, like any form of art, is not only technical, it is not only the frantic exercise and, above all, it is not mere exhibitionism.

On this wonderful evening in May, I learned to see in music the light and creative spirit, the fun, the pleasure of getting excited, the desire to be together, all the part I missed, the most beautiful and bright.

Lisa, my teacher, told me these concepts very often and from the beginning I agreed with her, but tonight I realized that I had probably never really in-ternalized these obviousness, I had never really made them mine, probably because I had never had an experience as beautiful as today.

It was what I needed to take flight and I finally realized it when a friend of yours read some parts of "Jonathan Livingston Seagull."

I hope to see you and the others again soon, and I hope to be able soon to express all my gratitude without being blocked by shyness.

A big hug,
Antonio

When I get off the train, it is 11:30 P.M.

The climate is typical of spring and there is a pleasant breeze.

I do not really want to go home; I am too excited for the beautiful evening spent in Bari, so I decide to take a walk on the kilometer-long seafront of my town, from the West to the East.

I walk and look at people sitting on stone ben-ches.

Although it is late, there are entire families with children and there are guys of my same age;

there are groups, but also couples of cute lovers, who walk hand in hand.

From time to time I stop to carefully observe the landscape that I have before me, a grandiose painting packed of colors, the colors of the day and the colors of the night; this sea so generous and sometimes so cruel, sacrificial victim but also executioner, sometimes rapist of bodies, but sometimes itself raped by the carelessness of human minds.

At this moment I have the impression that it is sleeping, while showing its beauty, illuminated by the stars.

While I look at this wonderful landscape that nature has given us, I feel the soul, heart and mind invigorate with freshness and positive sensations, until a light smile, a full smile, a smile a bit mocking appears on my lips.

I feel that it is one of those blessed smiles; it is one of those smiles that seem destined to last forever, immune to any adversity, resistant and resilient to the attacks of any Flamenco Specter always lurking in our lives.

I come home after midnight while my parents are sleeping.

Trying not to make too much noise, I go slowly to my bedroom and close the door. I turn on the light and find everything the way I left it.

The guitar is motionless in its everlasting corner and has begun to fill with dust; the desk is full of books, notebooks and markers everywhere; there is my stuffed racoon who looks at everything with disinterested superiority from the top of the bookcase and finally, in front of the window, there is still my digital piano, the one that I laboriously bought and carried, the one that was supposed to change my life, the one that I thought would make me more appreciated by other people, more determined, and prouder of me.

Only now I realize how little this means to me.

My only wish right now is to play and have fun, exactly what Germana does, exactly what her friends were doing tonight, and exactly what Lisa has always told me since our first meeting.

I lift the white sheet off the piano and sit down.

The piano is slightly dusty, but it does not matter. My left hand begins to run along the sixty-eight keys, while a light street light on, typically nocturnal, illuminates the room penetrating discreetly from the window.

The five fingers of my left hand return to the starting point and begin to walk along the keys, touching them gently, one after the other, as if they were giving a massage or sensual cuddles, in search of a deep contact.

The melody of a song begins; I recognize it. It is *Il cielo in una stanza* by Gino Paoli. I slowly begin to sing the lyrics and enjoy its absolute beauty.

I think of Germana and the fact that I would love to share this moment with her. Now I see her, so all of a sudden, she is in front of me, sitting quietly on the windowsill as she stares at me, and then slowly approaching to take my right hand.

I put my right hand on the piano and I start to play the round of C, C E G, A C E, D F A, G B D. Then I concentrate on my left hand and, without too much effort, I can put it on the piano.

Right now I am playing a song that I thought would finish destroying my life, continuing the work started by that Flamenco song a few years ago.

Behind me remains my dear notebook with a red-blooded cover, just laid on the desk, about three feet away from me.

# CHAPTER 8

# BETWEEN THE APOTHEOSIS AND THE APOCALYPSE

My right hand is playing, and so is my left hand.

I listen to my voice singing, with some kinks maybe, but I feel like I am having fun.

I see Germana closer and closer and feel her as she touches my hips, my elbows, my hands. I turn slowly towards her and I feel that her arms are around my neck, while we lie down blessed, staring in the eyes, on the white sheet.

I finish playing after about seven to eight minutes of mystical ecstasy. I take in my hands a red notebook with a slightly faded cover; it is a pentagram notebook, with the scores, that Lisa gave me after the last lesson and, while I browse through it, I find on page thirty-one a Flamenco song.

It is not the same that Sandro played or maybe yes, maybe it is just the same—who knows!—several years have passed since that afternoon at school and I do not remember the title precisely.

I look for a moment at the pentagram sheet, with its white and black musical notes. I put the notebook on the music stand and start playing again.

I do not know the music by heart, so I must repeatedly read the score.

At first I play slowly and make several mistakes, maybe too many, but it does not matter. I invite my brain to have fun and I continue to insist for another fifteen or twenty minutes, before finally bringing the song to its conclusion, modifying some parts, more or less voluntarily. In the end I even do some clumsy dance steps and I almost find myself sitting on the floor. It is the apotheosis, or maybe the apocalypse. Of course, it is not very nice to see me dance.

Full of enthusiasm, I go to the window and decide to look out.

The sky seems enchanting, full of stars, sounds and friendly smiles. It is almost three in the morning and I start to laugh when I think that I risked to attract the swear-words of my parents or, in the worst case, the denunciation of some neighbor who wanted to sleep.

Then I look carefully at the deserted road. There is only one girl walking, but she is far away, so I cannot really see her face, but she looks pretty and she is getting closer. She is thin, wears a white vernal jacket, and carries a checkered bag. Her gait is a bit clumsy, like my dance moves.

She is approaching with a quick step, perhaps to avoid any maniacs, and now she is in front of my house. Finally I see her, she is Germana! What is she doing here in Mola at this hour? I try to call her, but she does not answer.

I wish Germana would come up to spend some time with me, maybe on that white sheet, to have a chat, or much more realistically just to have her own judgment, a tip to improve my way of playing the piano.

I try to call her again, but she does not answer me, so the aftermath of mystical ecstasy makes me feel authorized to shout her name, thus risking once again to attract me the swear-words of my parents and the denunciations of the neighbors.

"Germana! Germana! Germana!"

Stunned by this uproar with echo, Germana comes out of her trance state and looks up at me, looking out of the window, and at that moment I realize that this girl is not Germana.

In a few seconds, I turn red with shame.

To get out of the embarrassment, I say hello with my right hand and she reciprocates with her left hand. She looks a little weird, hypnotized; maybe she is drunk. I hastily close the window, put the white sheet on the piano and the red notebook on the bedside table. It is time to sleep.

Once the excitement is over, I lie quietly under the blankets and I think that soon I will see Lisa, my piano teacher. I will finally be able to tell her that I succeeded. I have overcome my fears, my sense of inadequacy, my constant anxiety, everything seems to me suddenly reduced and even the bad memories of the past years—Sonia, the solfeggio teacher, the imbeciles who participated in the course with me—slowly assume a different light. Then the thought goes to the teacher, to Germana and the people who played and sang with her. I will come back soon to see them, that's for sure!

It is Thursday. Today I see Lisa after two weeks.

Lisa opens the door to her house, near the train station, and welcomes me heartily as she always does. She asks me how I am and finally she receives a completely sincere answer. This time, in fact, I really feel good, without hesitation and without asterisks. I feel that my face is relaxed, no longer disoriented, with my eyes that do not know where to look, as happened during the last lesson. I trust her and I trust myself. Anxiety and fear are still there, hidden small ones, in a corner, like the Specter of Flamenco, but I let them look at me and get busy with their small movements, as if nothing had happened.

Lisa makes me sit behind the piano and then sits next to me, like always. So, after the usual initial exercises that are used to make the muscles of my fingers more flexible, I play music by Bartok. It is spring and the sun is setting to give way to a sky that gradually becomes darker. The lesson is about to end and the relaxed atmosphere created is perfect for the song that the teacher asks me to play at the end of our meeting. It is *Il cielo in una stanza* by Gino Paoli.

When I put my fingers on the piano keys, I feel like I am calm, very calm. I take a nice deep breath, fill the abdomen, the thoracic cavity and the clavicular area with oxygen, then I empty them holding the positive energies, the freshness, and the concentration.

I start to play. My fingers walk slowly on the piano keys, and Lisa meanwhile hums smilingly. Even I smile and sometimes I close my eyes, trying to imagine a situation similar to that told in the text.

In Lisa's blue eyes I suddenly see Germana's face, I see it reflected for a fraction of a second maybe, but it is better not to think too much about it.

In the end I do not resist temptation and I start to sing too.

We are "travelling" a little slower than the original song, but it does not matter.

Actually, I also make some small mistakes, a little with one hand and a little with the other, but Lisa seems happy anyway and invites me to continue with her look.

"Go ahead, dear. You can play however you want!", she says it, caressing my nape with her long, thin fingers, while I feel more and more protected, like when I dream beautiful things sleeping under my warm blanket, and I have the impression of touching the ninth cloud, or the seventh heaven, as they say in these cases.

# CHAPTER 9

# THE HAND ON THE SHOULDER

The nightmare is over. The Flamenco Specter has been put aside and I will continue to follow the piano lessons with great pleasure.

The month of June has arrived, the piano course continues happily and Lisa continues to give me songs to play. There is no shortage of difficulties, but I have learned to regard them as normal facts and no longer as unsolvable tragedies.

Every year, in August, Lisa invites her students to participate in a musical event organized by her association. This year it will take place in an area of medium size in the beautiful scenery of Polignano a Mare, a wonderful town not far from Mola.

When I discover that I have been included among the participants, my legs begin to tremble, but they magically stop when I join my friends in Bari for another wonderful jam session. I talk about this news with Germana, at the end of the evening, when I am alone with her.

It is the first time that it happens.

After having finished playing, Germana and I leave Piazza Umberto I to reach the railway station of Bari Centrale. She is very kind and, hearing her talk, I find that she knows me better than I thought. She knows we are both students at the university, even though she is about to graduate. In fact, she saw me more than once at the university and she knows that I recently gave—finally—the exam of La-tin Language and Literature, because that morning she was sitting in front of the room C, where I had been interrogated.

We are getting closer and closer to the train sta-tion, while I begin to talk about the musical event in which I will participate and I tell her that I would be very happy if she and the others were present to pass on some of their positive energies. My dream of seeing her again in August magically crumbles when she tells me that on that evening she will have to leave for England, where she will do a tour of concerts in pubs with a friend guitarist, from London to Liverpool, passing through Manchester.

It is useless to dream too much: a girl like Germana has the big world waiting for her and even the guitarist friend in UK! She could never think of me.

We arrive at the fountain in front of the central railway station. Once here, Germana takes my hands while we give each other a kiss on the cheek and I feel the sensation of the farewell pressing strongly in my stomach.

In my bag I have the usual notebook that for years keeps me company when I am not at home, I pull out and tear out the page with the letter that I wrote to her long ago thinking that I would never give it to her, then I put it in her rucksack without doing it secretly, also because I would not even be able to.

Germana smiles, showing her bright eyes and her teeth slightly yellowed by the smoke, while I look down smiling and squeezing my mouth for the shyness that, like the notebook, always keeps me company, both inside and outside myself.

"Good night, Germana!"

When I take my seat on the train, I start to think about the life I have lived so far.

I imagine myself travelling through a narrow corridor full of mirrors and glass windows. I see the images of the guitar and Sonia. I suddenly listen to the sound of that Flamenco song, then I see the face of Germana, who I just left, to finally get to the piano teacher and the festival I will attend.

Lisa told me that on that occasion I will play two songs, *Il cielo in una stanza* by Gino Paoli and *Perfect day* by Lou Reed.

The news made me so much happy that I am trying to play the two songs almost every day and the result seems pretty good. Lisa also seems satisfied and we both think about that evening with great trepidation.

Meanwhile, I continue to study for my university exams.

The day of the festival has arrived. It is August 13 and it is 9 P.M. Fortunately the climate is not unbearably hot and humid, but even blows a pleasant breeze typical of the best summer evenings, those evenings that smell of beaches, with the moon and the bonfires that warm the heart.

The teacher courageosly put her piano at the

disposal of all participants. It is the same one we used during the lessons and now I see it there, in the middle of the stage, ready once again to be pampered and harassed by everyone.

The seats are numbered and gradually people arrive. There is the local press, there are boys and girls chasing musical events that make their evenings come alive, so much the better if they are free. There are parents who have rightly come here to see their children singing and playing, and there are also my parents along with my sister, my brother-in-law and Samuele, a dear friend I know for many years, since the time of Sonia and the hip hop crew that snubbed me.

Germana, on the contrary, is missing, at least physically.

As decreed by an unquestionable draw, I will be one of the last to play, shortly before Lisa, which will conclude the event playing some jazz songs with *Le Gatte Storte*, the all-female quartet of which she is part.

It is 10:00 P.M.. A guitarist and a singer, both very good, delight us with two beautiful songs by Lucio Battisti, accompanied by the soft breath of the sea, not far from here.

ANTONIO APRILE

It is 10.45 P.M. and it is my turn. I go on stage after the beautiful introduction of Lisa who presents me as her "valid student as well as a dear friend." Hearing her using the expression "dear friend" fills me with joy. I have grown very fond of her in these months lived together and even in the saddest moments the esteem for her has always been intact.

This wonderful woman manages to be friend with her students, without forgetting her educational role. The arrival of this angel in my life has been very important.

When I am on the stool, I feel a hand resting on my right shoulder, just for a moment. It is not Lisa's hand, because she went backstage. It is a hand of whom I do not know the touch, and that at the moment I feel delicate but also confident, hot; it is a feminine hand, perfumed of cinnamon, the hand of another angel. This is Germana's hand.

When I turn around and see her, I think I am dreaming, but I do not have time to ask questions.

She leans towards me and whispers something in my ear while, because of my usual shyness, I look straight ahead, with eyes wide open, those eyes that do not stare.

"Now you play Gino Paoli's song. We will play Lou Reed's song together, all right?"

I nod, but right now it is like a three-story building collapsed on me.

# CHAPTER 10

## A PERFECT NIGHT

Why are you here, sweet Germana?

This is the basic question that runs and chases itself from one side of my head to the other and it is the question that I would very much like to ask Lisa, or maybe directly to you, Germana, if in the meantime you had not already gone backstage.

The agreement was I would play two songs in instrumental version. It was not expected that I would be accompanied by a singer, especially by her... The dreamy aura of the first twelve seconds is replaced not only by the imaginary collapse of the building, but also by the sense of a strong loss among the rubble. At intervals I seem to have forgotten all the musical notes after receiving a brick hit on my head or after receiving a bucket of water in the face, despite I have played both songs many times.

I start to worry about this unexpected participation of Germana and I start to think about the poor figure that I risk in front of her, in front of Lisa, in front of the audience and also in front of myself. The panic is increasing, the oxygen is decreasing, I hope someone will get me out of here right, now. Everything then changes again when before my eyes makes its return the beautiful image of those dear boys and girls who, in a very difficult time, have managed to make me become that child that perhaps in the past I had never been completely. I also think of those boys who played soccer and those cute little girls who shared the clothes of the doll.

I put my hands on the piano keys and start playing.

Before my eyes I see the image of a luminous pentagram in continuous movement, while my fingers run and jump on the keys. The idea of the technically impeccable performance does not bother me. I am amused and excited; I feel that the audience is listening to me and welcoming every single sound in religious silence.

I perceive in these moments the realization of a particular sense of deep Oneness, a mystical atmosphere that time will never erase, nor the collapse of any building. The song is coming to an end but I still want to play it, so I modify some parts, I lengthen the duration of the individual notes, I slow the rhythm, then I speed up it. My fingers run and jump soft and flexible on the musical highway, they run and jump bright like crazy splinters, they run and jump, they stop, then they start again. The rest of my body is moving too. My head, my hands, my legs, everything moves. As if the mythical goddess Kundalini had awakened, everything moves and swings from right to left, from left to right; everything moves in a disorderly way, perhaps a little too much. It is the life that erupts, I think of it, and I almost want to shout it to heaven, euphoric and enthusiastic. IT IS THE LIFE THAT ERUPTS!

A jump backwards, then the void, the sudden darkness. The fall.

From mystical ecstasy to tumbling. Maybe I moved a little bit too much while I was playing, and the plastic chair I was sitting on gave out badly, and I with it.

From the mystical ecstasy to the sudden rapid precipice.

I am now lying on the ground, and my face is red with shame. "Let that be a lesson to me!" , I say to myself in a low voice, surrounded by deafening silences, short sentences expressing concern and little laughs barely held.

After I get back on my feet, I apologize to the audience, then I burst into laughter and I think that only to me and a few other "privileged" could something like this happen, while everyone laughs and applauds. In the meantime, I sense some excitement coming from backstage, but I do not understand what they are saying.

When Lisa calls Germana Spagnoletti on stage, she arrives immediately, greeted by an ovation.

As beautiful as ever, her wavy brown hair tied, her face looking like a little girl, just like three years ago. She wears a sleeveless shirt with horizontal stripes and a long white skirt. When I see her next to me, I feel the shivers on. How beautiful you are, Germana!

I am starting to think that maybe I am falling in love with this lovely creature, or maybe I consider her a fundamental presence in my life, just like Lisa, a person I could never live without. Maybe one day I will clarify this doubt about her, maybe I will clarify it without even noticing, maybe this shared performance of the wonderful song by Lou Reed will illuminate me, like a mystical ecstasy, possibly without the final tumble. It was fun, but I am afraid I could not survive if I made another terrible impression.

Meanwhile, a mysterious individual wearing crotch shorts replaces the shattered chair with a wooden stool. This time I should not have any problems, but just to be safe, I will not move too much.

I put my hands back on the piano and let them get busy, while I feel the warm presence of Germana a few steps away from me. Germana does not stand; she prefers to sit on the floor with her legs crossed, without paying too much attention to the long white skirt that she wears and that suddenly seems to assume the appearance of a sheet, like that of a ghost, although this time ghosts have nothing to do with it.

With her voice, Germana manages to involve the audience that, after the initial silence, begins to sing in unison verses and refrain. When the song is about to end, she sits on the stool next to me.

The audience applauded enthusiastically. Our performance was appreciated. Then I feel that she whispers something in my ear, while she hands me a sheet rolled with a silver ribbon.

"Now I have to go to the airport. Thanks for the evening!"

A kiss on the cheek and a caress on the disheveled hair, then she disappears.

Thank you, Germana!

She escapes from the stage after hugging Lisa.

As happy as I have ever been, I take leave of the audience with a little bow, managing for a benevolent millimeter not to stumble on the stool, and attend the rest of the concert, taking place in the backstage with a bag in the right hand.

In the bag there are chocolate biscuits made by my mother, in case I had been exhausted to the ground by a drop in sugar at the end of the performance.

Cookies, music, love in all its many forms. Three headlights that orient a path, three simple and complex pieces of a journey, and three pillars of a life.

*Dear Antonio,*

*as you probably noticed, many times we are not able to predict the future and this happens because often the existence can be very creative in its mixing of playing cards, images and paths of life. Our present, however, we have the opportunity to sew it on to us, even if according to the playing cards that are distribu-ted to us, or rather, according to the thread and pieces of cloth that we have at our disposal, like when we're dealing with a T-shirt to make or a scarf to patch. It is at times like these, on the basis of the possibilities we have, that almost everything depends on us, on the trust we have towards ourselves, on our will to dream and to stay always a bit children. You have certainly read "The Little Prince," a book that, like few others, mana-ges to bring us closer to the essential depth of life, with that enchanting story that makes grow up and, at the same time, remain children. Dignified and responsible children, full of courage and without whims, strong but also sensitive.*

*Dear musician friend,*

*I cannot say I know you very well.*

*I usually use the verb "to know" with a certain cau-*

tion when I speak of human beings, because humanity is wonderful, sometimes even divine, but it also knows how to be very bad from time to time, and cause great suffering that can remain for a few hours, for a few days, sometimes even forever.

However, we also shared moments that were extraordinary and intense for both, sometimes for the same reason, sometimes for different reasons. I am referring, for example, to the famous Spaghetti Festival: that night you were in the audience and I was on stage, literally terrified of my first performance in front of such a large audience. Then we met at the University and during those beautiful improvised "concerts" in front of the fountain of Piazza Umberto I. Who could have imagined that today we would be on stage together, without even a rehearsal, so different and so equal, a few hours before my departure? Lisa asked me to attend tonight's event. She loves her students very much, me as well as you, and it is also for this reason that I accepted with great pleasure her proposal, even if later I will have to do a great run to reach the airport. An uninterrupted run with a few little curses, but I am sure it will be worth it.

*When you are reading this letter, I will be physically far away, but in October I will come back to graduate and, if you still feel like it, we can meet to share other moments of our lives.*

We could live moments similar to those we have lived together so far, but we could also do completely different things, like walking by the sea, drinking an organic beer in a radical-chic place or see a movie at the cinema and then have a chat about challenging and existential topics.

I wrote to you that we can not predict our future because, when you were writing that sweet, simple, honest letter, you were probably convinced that I would never read it, you probably thought you'd never have the chance or the courage to give me that piece of paper. Instead, as you can see, life has shuffled the playing cards and things have gone differently. You have followed your inner light and, in so doing, you have made these days more beautiful, you have filled your life and the life of those around you with new meanings. Very soon you will also be able to graduate, just make your university studies shine as you certainly know how. You just have to sew it on, you have to bring there the same magic that you used in music. In doing so, you will remove from yourself every effort, every fear, every Specter of Flamenco, I assure you!

My life path, as you may have perceived from this letter, has had and still has several points in common with yours. We do not know each other very much, or maybe we do not know each other at all, but our existential levels embrace each other, or at least that is my impression; what do you think? I find it difficult to explain it without falling into banality. Maybe they are too intimate things and to find their best linguistic dress they need time, the time it takes, an inner time that we cannot measure, that exists and must be respected, without pressure, without urgency, without haste.

To understand it I just had to look you in the eyes, sometimes a little more open, other times a little more closed because of too much light. I feel it even reading and listening to your words, so trust me and, if you can, try not to forget me.

Ad maiora, dear friend,

Germana

www.ingramcontent.com/pod-product-compliance
Lightning Source LLC
Chambersburg PA
CBHW021010180626
46814CB00003B/1220